タイで死刑を求刑されました

タイ凶悪犯専用刑務所から生還した男

竹澤恒男

彩図社

はじめに

どこかで悲鳴と歓声が入り混じったような声が聞こえた。

続いて、地鳴りのような足音が響いてくる。

ロッカールームから顔を出し、音のする方角を探すと、通路の向こうからプロレスラーのような体格をしたナイジェリア人の集団が駆けこんでくるのが見えた。それぞれ手に武器を持っており、興奮しているのか、血走った目を大きく見開いている。

どうやら、ナイジェリア人の麻薬密売グループ同士がまたもめているらしい。

黒い塊となって駆け抜けていく彼らの後ろ姿を見ながら、私は思った。

今日は大きなケンカになりそうだ。

見物のためにロッカールームを出ると、野次馬がどんどん集まってきた。祭りか何かのつもりなのか、ニヤニヤと笑顔を浮かべながら走っていく者もいる。

前方で怒号が響いた。野次馬たちが弾けるように駆け出した。

ここはタイ・バンコクの隣、ノンタブリー県にあるバンクワン刑務所。

収容されているのは、懲役30年以上の長期刑、終身刑、そして死刑判決を受けた囚人だけ。タイ全土の刑務所から凶悪犯が集まってくる、最低最悪の刑務所だ。

２００２年12月、私はある犯罪に関与した疑いで、タイのドンムアン空港で身柄を拘束された。

時刻は深夜23時。タイでの滞在を終えて、日本に帰国する直前のことだった。

それから14年。

私が再び日本の土地を踏むまでに要した時間だ。

逮捕されたとき、私は50歳だったが、日本に帰ってきたときには64歳になっていた。この14年、私は悪夢といってもいいような時間を過ごした。

素人同然の通訳を介して行われた、警察での取り調べ。

担当弁護士による、まさかの裁判のすっぽかし。

起訴状や調書の内容も知らされないまま、進められた裁判。

その結果、私は検察から死刑を求刑され、凶悪犯専用のバンクワン刑務所に収監されることになった。

バンクワン刑務所は、とにかく異常な場所だった。

刑務所といえば厳しい規律のもとに運営されるのが当たり前だが、ここバンクワン刑務所では規律などなきに等しかった。

所内では禁止されているはずの現金が当たり前のように流通しており、中には囚人が経営する売店まであって、金さえ払えばなんでも手に入れることができた。

刑務所の一角には、常設のギャンブル場があり、ヨレヨレの高額紙幣を握りしめたタイ人の囚人たちがいつも集まり、賭博に興じていた。刑務官は鼻薬をかがされているのか、見て見ぬふりで、ギャンブルで負けて借金を背負う者が続出した。

覚せい剤が所内で乱用されており、麻薬の影響でおかしくなった囚人がたくさんいた。囚人たちは刑務所の中で麻薬の密売グループを組織し、密売グループ同士で抗争を繰り広げた。ボスたちは不正に入手した携帯電話で外にいる部下に細かく指示を送り、刑務所の中で麻薬取引に精を出した。

金、ギャンブル、麻薬が原因で毎日のように囚人同士の殴り合いがあった。冒頭で紹介したような麻薬密売グループ同士の大規模なケンカもしょっちゅう起きていたし、死刑囚の集団とジャンキーグループのケンカもあった。私自身、金の貸し借りから逆恨みを受けて、同じ日本人の囚人に殺されかけたこともある。

本書は、逮捕から釈放帰国までの間に私が経験したことをまとめたものだ。もとになったのはタイの日本語情報誌『ＤＡＣＯ』に連載していた「南獄手記」である。

「南獄手記」は２００８年４月から２０１６年10月まで、足かけ８年６ヶ月も続き、私が出所するまで全２００回にも及んだ。その中からエピソードを厳選し、大幅に加筆修正を施し、つながりがある獄中記として読めるように形を整えた。

私はいかにして犯罪に手を染めるようになったか。その犯罪はなぜ露呈したのか。裁判で死刑求刑を受けたのはなぜか。

そこからどのようにしてバンクワン刑務所に送られたか。

刑務所ではどのような暮らしを送っていたのか。

私以外にもいた日本人受刑者はどんな人物だったのか。

そして私はどのようにして地獄の刑務所を生き抜き、再び日本の地を踏むことができたのか。

本書を通じて、私の体験を知っていただけたら幸いだ。

タイで死刑を求刑されました―目次―

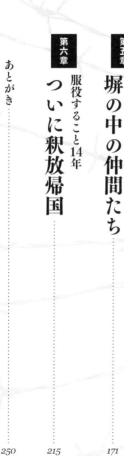

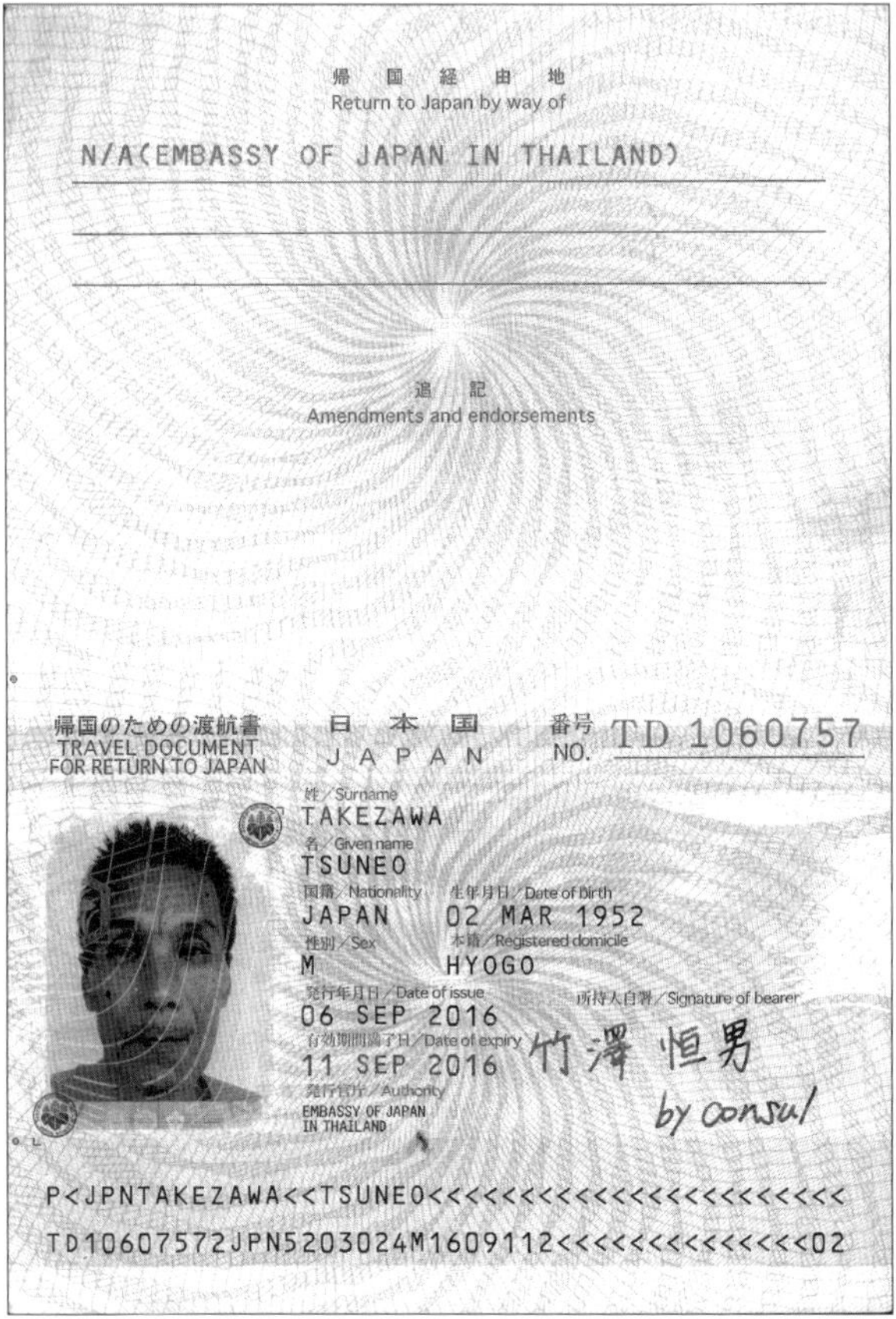
帰国経由地
Return to Japan by way of

N/A(EMBASSY OF JAPAN IN THAILAND)

追記
Amendments and endorsements

帰国のための渡航書
TRAVEL DOCUMENT
FOR RETURN TO JAPAN

日本国
JAPAN

番号
NO. TD 1060757

姓／Surname
TAKEZAWA

名／Given name
TSUNEO

国籍／Nationality
JAPAN

生年月日／Date of birth
02 MAR 1952

性別／Sex
M

本籍／Registered domicile
HYOGO

発行年月日／Date of issue
06 SEP 2016

有効期間満了日／Date of expiry
11 SEP 2016

発行官庁／Authority
EMBASSY OF JAPAN
IN THAILAND

所持人自署／Signature of bearer
竹澤 恒男
by consul

P<JPNTAKEZAWA<<TSUNEO<<<<<<<<<<<<<<<<<<<<<<<<<
TD10607572JPN5203024M1609112<<<<<<<<<<<<<<02

帰国時に出された「帰国のための渡航書」

【第一章】

ギャンブルで狂った人生

タイで逮捕されるまで

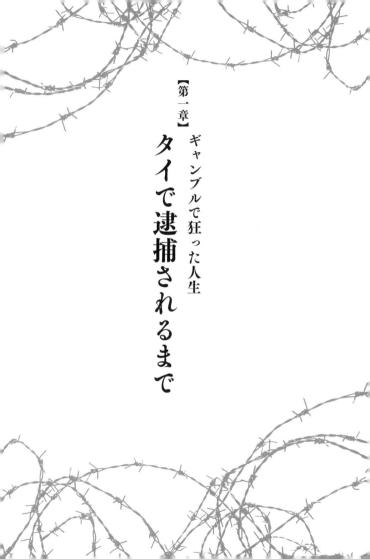

病弱で大人しい少年

私は兵庫県神戸市東灘区で、1952年に生まれた。

父親は町工場の従業員で、母親は専業主婦。兄弟は兄が1人いた。

家は決して裕福ではなかったが、とくに貧しい思いをしたことはなかった。子どもがやりたいと言ったことには金を惜しまず出してくれる、そんな両親だった。

子どもの頃の私は病弱で、大人しい性格だった。学校は休みがちだったので、友だちは多くなく、趣味の釣りを大人に混じってやっているような物静かな子どもだった。

あまり熱心に勉強をするタイプではなかったが、学校の成績は良い方だった。地元の小学校、中学校と進んだ後、高校は工業高校に進学した。高校では電子科に所属した。当時はまだパソコンなどは一般的ではなかったので、集積回路や論理回路などを勉強した。

高校を卒業後は、地元神戸の医療機器メーカーに就職した。

中小企業の一部門を分社化した、いまでいう社内ベンチャーのような会社で、病院で使用する医療用の電子機器を製造していた。私の仕事はその機器の電子回路の組み立て・検査だった。仕事はおもしろく、真面目に働いていたのが評価されたのか、終業後に会社の負担で専門技術を学ぶための専門学校の夜学に通わせてもらえることになった。

だが、この会社員生活はそう長くは続かなかった。

ギャンブルで身を持ち崩す

原因は、その後も私を長年にわたって苦しめることになる〝ギャンブル〟である。

もともと私は勝負事が好きで、パチンコや麻雀などをよくしていた。しかし、それらはあくまでお遊びの範囲で、とくに麻雀は強かったこともあって金銭的に困窮することはなかった。

だが、競馬に出会ったことで生活が一変する。

ビギナーズラックとでも言うのだろうか。初めてやった競馬で大勝ちしたのも悪かった。鍛え上げられた競走馬の一群が雪崩を打つようにゴール板の前を駆け抜けていく。その瞬間にたとえようのない興奮を覚えてしまったのだ。

時を同じくして結婚を約束していた恋人を事故で失ってしまった。そのショックで仕事に身が入らなくなり、ギャンブルにのめり込むようになった。23歳のときだった。

それからというもの、私の生活は競馬一色になった。

次第に掛け金は多くなり、生活費をレースにつぎ込むようになる。会社からもらっている月給だけでは足りなくなって、サラ金に手を出した。ひとつのサラ金で上限まで金を借りたら、別のサラ金から借金をする。そうこうするうちに、私は借金で首が回らなくなった。

当時はいまよりも取り立てに対する規制が緩く、サラ金業者は平気で勤務先に督促の電話をかけてきた。私の借金は会社の知るところになり、私は職場に居づらくなった。

だが、それでも競馬熱は一向に冷めず、借金はどんどん膨らんでいく。追い詰められた私は、ここでついに一線を越えてしまう。目先の金欲しさに、犯罪を起こしたのである。

やったのは事務所荒らしだった。金がありそうな事務所に忍び込んだのだ。

この犯罪は簡単に露見した。私はあっさり警察に捕まり、裁判にかけられた。このときは初犯ということもあって執行猶予の判決だった。当時、私は25歳。当然、会社は辞めざるを得なくなり、私は7年勤めた仕事を失った。

5年間に3度の服役

それからしばらくの間、失業保険をもらいながら実家でフラフラしていた。借金は親が肩代わりしてくれたので、サラ金の督促に怯えることはない。しかし、そんな私に対する地元の目は厳しく、私はなけなしの金を持って家出同然で神戸を飛び出した。

北陸地方を放浪した後、金が尽きた私は東京に向かった。東京に出れば働き口があると思ったのだ。勤めたのはパチンコ屋だった。いまでこそパチンコ屋に大卒の新入社員が入ることは珍しくなくなったが、当時のパチンコ屋といえば流れ者のたまり場だった。寮を完備していたので身一つで働けたし、前歴をうるさく聞かれることもない。

東京・綾瀬のパチンコ屋を皮切りに、埼玉や千葉のパチンコ屋を転々とした。給料は比較的良かったが、競馬のためにいつも金に困っていた。そんな折、麻雀で知り合った社長に誘われて、彼の経営する町工場に転職した。それを機に生活を改めようと思ったが、またサラ金に手を出してしまい、工場に督促電話がくるようになった。結局、この工場も居づらくなって、たった1年で辞めてしまった。

そこからは自暴自棄の生活だった。

工場を辞めた後、私はまたパチンコ屋に戻ると、店の売上を持って逃亡した。このとき、私は30歳だった。しかし、ここでもあっさりと捕まり、窃盗罪でついに懲役10ヶ月の実刑判決を受ける。

その8ヶ月後、2ヶ月の仮釈放をもらい出所すると、私は懲りずに再びパチンコ屋に舞い戻った。そして今度はパチンコ台の鍵を持ち去ると、ゴト行為に手を染めるようになった。

ご存知の方も多いと思うが、ゴト行為というのは違法な手段を使ってパチンコの大当たりを発生させることをいう。パチンコ台に特殊なパーツを仕込むなど、なかには複雑なものもあるが、私の方法はごく単純なものだった。

客を装ってパチンコ屋に入り、店員の隙をついて盗んだ鍵でパチンコ台を開ける。そして入賞口に球を入れて強制的に大当たりを発生させるのである。

パチンコ屋には当時から監視カメラがあったが、四六時中チェックしているわけではないので、この単純な方法は意外とうまくいった。この頃は一発台といって、一度大当たりを引けば2万円ぐらい勝てる台があったので、1日の稼ぎは5万円にはなった。

しかし、そうしたことが長く続けられるはずがない。そのわずか3ヶ月後、私は店でゴトをしている最中に逮捕され、再び刑務所に。今度は前橋刑務所で懲役1年2ヶ月。出所後は一時期、テキ屋に雇われて祭りで焼きそばなどを焼いていたが、しばらくして再びパチンコ屋に舞い戻り、また鍵を盗んでゴト行為をした。そして三度逮捕されて、北海道の月形刑務所で懲役1年6ヶ月。わずか5年の間に、私は3回も刑務所に入ったことになる。

人生をやり直そうと決断

平成元（1989）年4月、私は月形刑務所を満期出所した。

出所直後、私は札幌競馬場に向かった。その日は、競馬のG1レースの桜花賞が行われる日。チケット代を除いた有り金全部を賭ける、一か八かの大勝負をしようと思ったのだ。しかし、結果は見事に外れ。このとき私は初めて人生をやり直そうと思った。

それから私は5年ぶりに神戸の実家に戻り、その後、大阪に出て人材派遣会社に登録をした。紹介されたのは御殿場のMアルミ社の工場。そこでライン工として半年ほど働いた後、別の現場をひとつ挟んで、栃木県O市に移り住んだ。新しい現場は大手建機メーカーKの工場で、塗装技能のある私の仕事は、車体に色を塗る塗装工だった。塗装工は給料がよく、通常の作業員が日当1万円のところ、日当1万5000円。残業をすれば1日2万円近い稼ぎになった。

契約していた人材派遣会社はなかなか良心的な会社で、寮費は無料。食事は工場にある社員食堂で格安で食べられた。仕事はやったらやっただけ稼げた。私は競馬と決別し、真剣に仕事に打ち込むようになった。それからしばらくして、当初の派遣期間が終わった。本来なら、また次の現場に移るところだったが、工場側に準社員として残ってくれないかと誘われた。仕事ぶりが評価されたのだと素直にうれしかった。それまで根なし草のような暮らしをしてきたが、ようやく一ヶ所に定住することができる。そう思った。

時期を同じくして、私は最初の結婚をする。相手は馴染みのタイパブで知り合ったタイ人女性だった。彼女は故郷に子どもを残して、1人で日本に出稼ぎにきていた。子どもを日本に呼び寄せるため、彼女は一時帰国をした。

会社に結婚したことを報告すると、準社員という身分ではあったが、家族向けの社宅を用意してくれた。妻が帰国したら、そこで親子3人で暮らすはずだった。

震災ですべてが奪われる

だが、この年に起こった未曾有の震災がすべてを駄目にした。

平成7（1995）年1月17日早朝、兵庫県南部を中心にマグニチュード7・3の巨大地震が発生した。阪神・淡路大震災だ。

私はニュースで震災の様子を観て、いてもたってもいられなくなり、翌日ふるさとの神戸に向かった。電車は途中の芦屋までしか通っていなかったので、そこから歩いて東灘区の実家まで向かった。その道中、無残に変わり果てた街並みを見て胸が締め付けられる思いがした。

幸い、生家の被害は少なく両親と兄は無事だった。だが、安心したのもつかの間、震災の翌月に兄が体調を崩して入院。病名は末期がんで、すでに手の施しようがなく、1ヶ月後にあっけなく息を引き取ってしまう。

認知症で入院中の年老いた母、肝硬変で入退院を繰り返している父をこのまま神戸に残して行くわけにはいかない。そう思った私は、職場のある栃木県O市に行かないかと誘ったが、父が頑として神戸から離れたくないという。そうなると私が移り住むしかない。会社に相談すると神戸にある関連工場で働かせてもらえることになった。

ちょうどそのころ、妻が子どもを連れてタイから戻ってきた。神戸はもともと外国人の多い街だったが、震災直後ということもあり、その多くは他に移り住むか、母国に帰るかしていた。妻はそんな環境の中、街に馴染むことができず、ホームシックにかかってしまった。

悪いことは重なるもので、交差点で信号待ちをしていたところ、私が交通事故に巻き込まれてしまう。目の前で衝突事故を起こしたバイクが突っ込んできたのだ。命に別条はなかったが、私は半年間の通院を余儀なくされた。ケガが癒えてから一度は職場に復帰したが、後遺症で高所作業に支障が生じてしまい、結局、工場を辞めざるを得なくなった。

その間、妻のノイローゼはますます悪化し、子どもに意味なく手を上げるようになっていた。このままでは子どもが危険だと感じ、子どもをタイの親戚のもとに送り返した。その直後、今度は妻が家出。もといた栃木県O市に逃げてしまった。

私はそれからしばらく神戸に留まり両親の面倒を見ていたが、兄が急逝した1年後に父が死去。それを機に実家を処分し、母を連れて栃木県O市に移り住んだ。

私は妻とやり直したいと思っていたが、妻にはすでに別の恋人がいた。結局、私たちはそのまま離婚。この離婚によって将来移り住むつもりで買っていたチェンマイの新築の家と田畑を失った。

当時の私は無職だったものの、兄の保険金と実家の売却益で3000万円近くの現金があった。母はパーキンソン病で入院しており、ひとりだけの生活だ。そんな環境にあって、私の悪い虫がまたうずき出した。一度は絶ったはずの競馬を再び始めてしまったのだ。

黒い輸入雑貨商

競馬を再開すると恐ろしい勢いで金が消えていった。気がつくと2000万円以上をギャンブルで散財していた。いつまでもこのまま無職でブラブラしているわけにはいかない。そう思った私は、O市でアジア雑貨の輸入商店を始めることにした。

当時のO市には工場の労働者を相手にしたタイスナックや連れ出しパブ（裏で売春を行っているスナック）がたくさんあり、そこで働くタイ人女性や、それにくっついてきたタイ人男などが多数住んでいた。街にはタイの日用品や雑貨を売るような店がなかったので、いま始めればいい商売になるのではないかと思ったのだ。

この目論見は見事に当たった。店は故郷の品を懐かしむタイ人たちで連日にぎわった。ためしに生鮮食品を置いてみると、近隣のタイ料理店の従業員が買い付けにきた。金や銀のアクセサリーは日本人客も買っていった。とくに23K、24Kのゴールドアクセサリーは2万円で仕入れたものが3万円で飛ぶように売れた。当時のO市には、借金を背負って働きにきているタイ人女性がたくさんいた。彼女たちは平均して400万円くらいの借金をしていたが、1年くらいで完済していた。それくらい景気がよかったのだ。

この輸入雑貨店のほか、一時期はタイスナックも経営した。その店は結局、地元のヤクザともめて手放すことになるのだが、それらを通じて、私はO市の裏のタイ・コミュニティや暴力団組織と深いつながりを持つようになった。

このころ、私は二度目の結婚をする。今度の相手はオーバーステイ中のタイ人女性（35歳）で、偽装結婚的な意味合いが強かった。だが、情が移ったのか、結婚後も彼女は店にいつくようになる。雑貨店は順調だったが経済状態はあいかわらずで、ギャンブルや遊行費の出費が多すぎるため、いくら稼いでも追いつかなかった。私は店の経営を妻に任せると、もっと儲けの多い商売を探した。そして行きついたのが、医薬品の密輸だった。

当時のタイは医薬品の価格が安く、ダイエット薬（フェンテルミン：抗肥満薬。食用を抑制する効果があるが、抑うつなどの副作用もある）やピル、睡眠薬、偽造バイアグラなどがウソのような安値で手に入った。とくにダイエット薬は金さえ出せばいくらでも処方してくれる病院があったので、タイに行くたびに1000錠単位で購入し、封筒に詰めて日本に送った。一度もバレなかった。

売り先はO市のタイ人や、スナック経営を通じて知り合った地元のヤクザだった。ビタミン剤などがセットになったダイエット薬1ヶ月分は、タイで2500円程度で仕入れ、地元のヤクザに1万円で売った。ヤクザはそれを3万円でさばいていた。偽造バイアグラはタイでは4錠300円程度で手に入った。それをヤクザに1000円で流した。睡眠薬はタイで1錠15円程度、それをO市のタイ人たちは1錠100円から150円で買っていった。

裏の個人輸入店での誘い

医薬品の密輸は、雑貨よりも儲けは大きかった。だが、その程度ではもはや追いつかないほど経済状態は悪化しており、私はもっと稼ぎになる商売を探していた。

そんなとき、地元のヤクザから頼まれごとをした。

ヤクザは、偽造品ではなく、正規品のバイアグラを1000錠ほど用意してほしいと言ってきた。バイアグラの正規品はタイでも高価で、簡単に手に入れることはできない。引き受けた手前、なんとか必要な数を手に入れようと探してはみたが、なかなか希望の数は揃えられない。

そんなとき、ふと手にした新聞か雑誌に、個人輸入店の広告を見つけた。

東京の渋谷・道玄坂にある店で、バイアグラの個人輸入を代行してくれるという。わらにもすがる思いで上京し、広告に書かれた住所を訪れた。マンションの一室を店舗にした妖しげな店で、でっぷりと太った、頭の薄い店主が対応してくれた。

バイアグラが1000錠必要だというと、男は黙って店の奥から30錠入りのバイアグラのボトルを大量に持ってきた。逮捕のリスクもあるというのに、平気でこれほど多くの在庫を抱えていることにとても驚かされた。1ボトル3万2000円で話が付き、ヤクザには3万5000円で流した。

その後、私はダイエット薬をこの店にも卸すようになった。タイで1錠50円程度の薬を、この店では120円で買ってくれた。局部に塗布すると勃起が持続するという、ドイツ製のスプレーもタイで仕入れて売るようになった。

しばらくそうしたことを続けていたある日、私がよくタイに行っていることを知っている店主からこんなものが手に入らないか、と袋に入った錠剤を見せられた。錠剤は幅5ミリ、厚さ1ミリ程度で、オレンジ色をしており、表面に「W」と「Y」の刻印がある。

ヤーバーだ。私は一目見て、その錠剤の正体がわかった。

ヤーバーは、当時のタイで大流行していた錠剤型の覚せい剤だ。成分はカフェインが大半で、わずかに覚せい剤のアンフェタミンを含む。服用すれば頭がすっきりしたり、性感が増すとされており、タイではトラックの運転手や夜の女性などの間で広く乱用されていた。タイに仕入れにいったとき、夜の店で遊んでいるときなどに見かける機会があったので、たまたま知っていたのだ。

店主に買い取り価格を聞くと、1錠1500円だという。タイでのヤーバーの相場は、1錠20～30バーツ（60～90円）程度だと聞いていた。完全な違法薬物なのでリスクは高いが、医薬品の密輸よりもはるかに利幅は大きい。私はO市に戻ると、ヤーバーを仕入れる伝手《つて》がないか、さっそく知り合いのタイ人に声をかけていった。

膝裏に巻きつけた錠剤

当時のO市にいたタイ人の中には、違法な薬物に手を出している連中もいた。I県の山林で大麻を栽培しているグループもいたし、店のホステスが全員覚せい剤中毒者というタイスナックもあった。伝手は簡単に見つかりそうだった。

何人か声をかけたところで、私の父だったらなんとかなるかもしれないという者が現れた。最初の妻の友だちで、夫と一緒にタイスナックを経営していたタイ人女性だった。タイミングよく、彼女は里帰りをするというので同行することにした。ちょうど2000年だったと思う。

この年、私は最初のヤーバー密輸を行った。

バンコクから女と一緒に車で彼女の実家があるタイ中部のロッブリー県に向かった。連れて行かれたのはごく普通の農家で、彼女の父親が錠剤の入った袋を用意して待っていた。このとき手に入れることができたヤーバーは500錠。価格は1錠

40バーツで、女への手数料を20バーツ乗せて支払った。1バーツ3円で計算すると、クスリの原価は9万円。500錠がすべて1500円でさばけたとすると75万円なので、66万円の儲けになる。最初にしては悪くない額だ。

次回もお願いできるかと頼むと、迷惑そうな顔で拒絶されてしまった。彼らはマフィアなどではなく、あくまで一般人。これ以上は危険と判断したのだろう。

バンコクのホテルに戻ると、隠し場所をあれこれ試してみた。ヤーバーはチョコレートを酸っぱくしたような独特な香りがするので、医薬品のように封筒に詰めて送るわけにはいかない。となると自力でタイから持ち出し、日本に運び込まなければならないわけだが……。

当時のタイの空港の保安検査場は金属探知機のゲートがあるくらいで、そこで異常がなければ身体検査をされることはなかった。体に巻きつけて運べば、バレない可能性は高かった。色々と体に巻きつけてみたが、一番安全そうなのは膝裏だと思った。ここならば目立たないし、なにより動きやすい。

帰国当日、少しは緊張するかと思ったが空港でも私は冷静だった。

500錠というと多く思えるかもしれないが、袋に入れれば小さなものだ。量が量だし、捕まっても大したことはないだろう。そんな妙な開き直りもあって金属ゲートも平然と通ることができた。

かくして、最初のヤーバー密輸はあっさりと成功したのだ。

6000錠の大口密輸

2度目の密輸は、それから3ヶ月後のことだった。

初回の500錠はあっと言う間に売り切れ、すぐに追加の注文が入った。ダイエット薬などを流していたヤクザが欲しいと言ってきたのだ。

注文数は、大口の5000錠。1錠600円で買い取る約束で、総額300万円の取引になった。事前に金を要求すると、ヤクザは珍しく半金の150万円を支払ってくれた。これを元手に現地で買い付ければいい。

2度目の取引は、O市のスナックで働いていたタイ人ホステスが仲介してくれた。

バンコクからチャオプラヤ川東岸の、サラブリーに向かう。

サラブリーは賑やかな町で、先に現地入りしていたホステスと落ち合った。取引相手は若いタイ人の男で、ホステスの親戚だという。3人で車に乗り込み、取引場所まで向かった。しばらく町を走ったところで、私だけ車から降ろされた。ここからはホステスとその男だけで買い付けに行く。私はすぐ近くのレストランで待っていろ、ということだった。

今回の取引は、ヤクザの注文分の5000錠に、私が個人で商売する1000錠を合わせた合計6000錠。仕入れ値は1錠50バーツで話がついたので、代金の100万円をホステスに預けて送り出した。

金を持ち逃げされるおそれはあったが、ホステスの日本での身元はわかっている。万が一のことがあっても大丈夫だと思ったし、たかだか100万円程度の金で日本での生活をダメにするとは思えなかった。

レストランで1時間ほど待っていると2人が戻ってきた。

時間はかかったが注文した6000錠はしっかり揃っている。ここからバンコクまでは1人でバス移動だ。6000錠のヤーバーはショルダーバッグにそのまま放り込んだ。今回は量が多いので、さすがに移動中は心臓がドキドキした。

バンコクに戻ったが、やはり大量のヤーバーを抱えて観光する気分にはなれない。幸い、タイ航空の配偶者用のオープンチケットを持っていたので、すぐに帰国便の予約を入れた。

あとは空港を通る際の隠し場所だが、6000錠ともなると膝裏には収まらない。

色々試したが、あちこち分散するのも面倒だし、それだけ発覚のリスクも高まるので、結局、すべて胴体に巻きつけることにした。私は痩せているので腹部にヤーバーがピタッと収まった。

ゲートを潜るときはさすがに緊張した。万が一のことを考え、ベルトなどの金属製品は一切身につけないようにしていた。細心の注意を払っていたこともあり、今回も何事もなくゲートを通過できた。私はこの大口の密輸を成功させたことで、自信を深めるようになった。

最後のミッション

毎月、1000錠を超える注文がきた。

タイの法律は細かく知らなかったが、麻薬の密輸の罪が重いことはなんとなく知っていた。そのため、一度に大量に密輸するのではなく、2~3000錠ずつ運ぶようにした。

成田空港では、ヤーバーを体に巻いた状態で何度か麻薬犬に遭遇したことがあった。これで終わったと一瞬諦めかけたが、犬に吠えられることはなかった。詳しい人間に後で話を聞いたら、麻薬犬は大麻を嗅ぎわけることはできるが、覚せい剤を見つけることは苦手だという話だった。ヤーバーは甘いチョコレート臭があるので嗅ぎ取れなかったようだ。

３度目の密輸は、タイ北部のピサヌローク。これも日本にいるタイ人の紹介だった。仕入れ値は1錠60バーツで３０００錠。今回も1回限りの取引だった。

４度目はタイ東北部イサーン地方のノーンブワランプー。こちらも1回限りの取引。

５度目からは、ようやく念願の継続取引ができるようになった。

場所はタイ東北部、ラオスとの国境の町であるウドンタニー。この町はとてもノンビリしており、雰囲気がよく、友人が住んでいたこともあってタイを訪れるたびに足を運んでいた。私のお気に入りの場所だ。このウドンタニーのホテルに何回か呼んでいた、日本語の話せるマッサージ師の女性にダメ元で聞いてみたところ、仲介してくれたのだ。クスリは女の弟が手に入れてきた。出所は教えてくれなかったが、おそらくラオスから持ってきていたのだろう。

ここでは女の取り分を余計に乗せて、1錠80バーツで仕入れた。

ウドンタニーでの取引は、その後も継続して行った。バンコクに到着して女に電話をすれば、ウドンタニーに着くころには注文の品が用意されている。1回あたり2～3000錠で、在庫がなくなれば仕入れにいった。多い時で2ヶ月に1度は行っただろうか。

2002年12年の上旬も、仕入れとバカンスのためにタイに渡った。

いつものようにバンコクで女に電話を入れ、2、3日後にウドンタニーにヤーバーを受け取りに行く。だが、なぜか今回に限って量が集まらなかったという。用意してあったのは、たったの1250錠。それでも、できるだけかき集めた結果だという。この量では日本でとってきた事前注文にも達しない。仕方がないので、一度、この1250錠を持って日本に飛び、またウドンタニーにとんぼ返りすることにした。女はそれまでに足りない分の錠剤を用意しておくと言った。

あっけない幕切れ

この仕入れ旅は、いま振り返ると不思議なことばかりが起こった。

バンコクに滞在するとき、私はいつも決まって同じ宿をとっていた。この宿は手頃な価格のわりになかなかサービスがよく、深夜便で帰国するときなどはチェックアウトの時間を過ぎても無料で滞在させてくれた。

帰国の便は23時発だったので、ギリギリまで部屋でくつろいで空港に向かおうとした。しかし、普段は決して止められることがないのに、なぜかフロントで呼び止められ、追加料金を請求された。普段は払えと言わないのにどうして今日に限って請求するのか。金額は大したことはなかったが、つい揉めてしまった。

空港でもひと悶着あった。航空会社のカウンターでチェックインしようとすると、どういうわけか予約が入っていないなどと言う。こちらは予約ができたことをしっかり確認してきているのだ。その後、座席にキャンセルが出たので予定どおりの便に乗れることになったが、この時点で私は妙な胸騒ぎを覚えていた。

出発の時間が近づいてきたので、出国ゲートの保安検査場に向かった。

いつものように金属探知機のゲートを潜る。ヤーバーは袋に詰め直して、膝裏に巻きつけている。不測の事態を避けるために、金属製品は一切身につけていない。いつものように何事もなく通れるはずだった。

しかし、この日は違った。

ゲートの先では、税関職員が仁王立ちし、私の行く手を塞いでいる。なにか確信があるのか、その顔は緊張しており、引き締まっているように見えた。

まずい。そう思ったが、ここで引き返すとかえって変に思われるだろう。私は度胸を決めて、歩みを進めた。ゲートの真下に入ると、税関職員によってこれまで一度もされたことのない入念なボディチェックが始まった。上半身、ついで下半身が弄《まさぐ》られる。

ボディチェックを受けながら、私は祈るような気持ちでいた。

膝裏がじっとりと汗ばむ。頼む、このまま気づかないでくれ。

職員の手が太ももの後ろに回った。そして、そのまま下に滑るように移動する。

膝裏で何かを見つけたのか、手の移動が止まった。

終わった……。

そのときの感情をひと言で説明すると、そういう気分だった。

頭が真っ白になり、全身から力が抜けていく。

私の最後の取引は、こうしてあっけなく発覚してしまったのだ。

ドンムアン空港で別室送り

職員から別室にいくように促された。一瞬、職員の手を振り払い、トイレに駆け込んで錠剤を流してしまおうかと思ったが、すぐにそれは無理だと悟った。ここまできたら、ジタバタしても意味がない。私はおとなしく職員の指示に従った。連れていかれたのは、職員の控室のような場所だった。そこでズボンを脱がされ、膝裏のヤーバーを没収された。

しばらくして空港警察がやってきて、警察の詰め所に連れて行かれた。調書をとるために、通訳の空港職員が呼ばれる。やってきたのは日本人ではなく韓国人で、ほとんど日本語が通じなかった。さすがに警察もこれではまずいと思ったのか、韓国人は帰され、代わりにＪＡＬかＡＮＡの日本人職員がやってきた。

このとき考えていたのは、どうやって罪を軽くするかだった。タイでは薬事犯に対する罰則が重いというのは聞いていたが、実際のところどの程度なのかはまったく知らなかった。なんとか罪を軽くするために、ストーリーをでっちあげることにしたのだ。

錠剤はカオサンストリート（世界的に有名な安宿街。旅行者が多く集まる）のゲストハウスで友人から預かった。友人は睡眠薬だと言っていた。ヤーバーだとは知らなかった……。私は必死に通訳に説明した。それを通訳が警官にタイ語で説明する。警官は黙々と調書の空欄を埋めていく。空港警察の警官たちは日本の警察官のように声を荒げるようなことはなく、終始、淡々としている。本当に話が通じているのか、私はとても不安だった。

調書を取り終わると、家族への電話が許可された。

国際電話用のテレフォンカードを購入し、自宅に電話をする。番号を押す指に力が入らないような気がした。

数コール待って、受話器があがった。妻の声だ。

妻には話していなかったが、私がヤーバーを扱っていたことを妻はなんとなく知っていたと思う。日本語は完ぺきではなかったが、少なくとも私の声の雰囲気から最悪の事態に陥っていることだけは理解できたようだ。

ここで話せたのはそれくらいだった。あとはまた次の機会に説明するしかないだろう。その機会もすぐに訪れると思っていた。

すでに真夜中になっていたので、この日は、そのまま詰め所に泊まった。これからどうなってしまうのか、目を閉じると不安で押しつぶされそうになる。私はそのまま一睡もできずに一夜を明かしたのだった。

【第二章】

ナンセンスな裁判、まさかの求刑死刑！

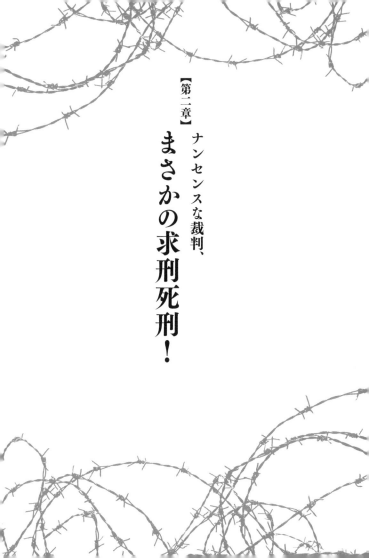

麻薬取締局での取り調べ

空港警察の詰め所で眠れない夜を過ごした。

翌朝の午前7時、職員がやってきて、朝食にドーナッツをもってきてくれた。だが、食欲などあるはずがない。空港警察の説明をなんとか理解したところでは、午前9時に最寄りの警察署に送られ、そこでもまた調書を取られるという。

警察署への移送に向けて用意をしているとき、日本大使館の領事が面会にやってきた。

ようやくまともな日本人と会話ができる。これからどうなるのか、状況も聞きたいと思ったし、心配しているであろう家族や友人にも連絡をつけてほしいと思った。だが、移送直前のために時間の余裕がまったくなく、ろくに話もできないまま面会は終了する。領事は移送先の警察署にも顔を出すと言って帰ってしまった。

午前9時過ぎ、ドンムアン空港から空港や周辺地域を受け持っている警察の麻薬取締局に送られる。ここで2度目の朝食が与えられた。

朝食を食べていると領事がやってきた。家族や友人に連絡をして、金を送るよう言ってくれないかと頼んだ。逮捕されたのが帰国直前ということもあって、私はほとんど現金を持ち合わせていなかった。これから裁判や手続きでどれくらい拘束されるのかはわからないが、現金があるにこしたことはない。私は喘息の持病があった。家族への連絡とは別に、喘息発作時に使用する即効性のスプレー薬が残り少ないので差し入れを頼むと領事は少し迷惑そうな顔で承諾し、年末で忙しいので年明けにまた面会にくる、スプレー薬はそのときに持参すると言った。

麻薬取締局では、妻が日本人女性だというタイ人の男性警官が通訳に入ってくれた。しかし、彼の日本語能力はあまりにお粗末で、はっきり言って通訳の体を成していない。

調書をとっているとき、警官は長々と質問をしてきたが、彼の通訳にかかるとそれもひと言ふた言で終わってしまう。こちらが答えたときも同じだった。ちゃんとこちらの意図が伝わっているのか、不安になったが調書へのサインを拒否する雰囲気ではなかった。

一通り調書を取り終わった後、確認のためにチェックを求められた。当然、使われているのはタイ語のため、読んでもさっぱり内容がわからない。これが英語ならば少しは意味もわかるのだが……。通訳に翻訳を頼んだが、日本語が支離滅裂で何を言っているのかさっぱりわからない。本当にこんなもので大丈夫なのか。

ここで警察に持ってきた荷物を預けた。日本の警察であれば、荷物の紛失を防ぐために、ひとつひとつリストを作っていくところだろう。しかし、タイの警察はとにかくいい加減だ。

なぜかリュックの中身を細かく確認せず、おおざっぱに終わらせてしまう。タイにはマイペンライという、独特な精神性というか生き方の指標がある。無理やり日本語に訳せば「細かいことは気にしない」ということになるだろう。このときは警察の適当な荷物チェックもそんなマイペンライの表れなのかと思っていた。

だが、後にそこには別の狙いがあったことに気付かされる。

調書の作成にたっぷり時間を使っていたので、荷物検査が終わったころには夜になっていた。

今晩の宿泊先は、麻薬取締局の留置所だ。

わずかな身の回りの品を持って、警官の後をついて署内の留置所に向かう。留置所は雑居房で、10人ばかり先客がいた。みなタイ人で、外国人は私だけ。空港で捕まるのはレアケースらしく、ほとんどの者は周辺の町で逮捕されて連れてこられたらしい。上半身に刺青を入れた凶悪な顔つきの、いかにも犯罪者然とした者に交じって、明らかなガトゥーイ（タイ語でおかまの意）も収容されている。私が部屋の隅で小さくなっていると、そのうちの1人が簡単な英語で捕まった理由を尋ねてきた。ヤーバーだと答えると、ここにいる連中もみんなそうだと言って笑う。

その日の晩は、彼らと雑魚寝で過ごした。

ついに留置所まできてしまった。

まぶたを閉じると、目の前が真っ暗になる。その暗闇を見つめていると、身体が吸い込まれそうになった。私はこれからどうなってしまうのか。どこに連れて行かれるのか。

見通しの一切立たない現状を思い、私は不安に身体を震わせた。

盗まれた所持品

翌朝、所轄の警察から裁判所に送られた。

例の日本人妻がいる警察官のわかりにくい説明によると、裁判所で拘留の手続きをした後、判決が確定するまで拘置所代わりの刑務所に収監されるという。

裁判所は、バンコクのラチャダーピセーク通りにあった。警察署から裁判所までは、護送車で向う。護送車は大型のバスで、私の他にも数人の移送者が乗っていた。途中、バスの車窓からバンコクのよく知る街並みが見えた。ほんの数十時間前まで、私は自由な旅行者としてこの街を歩いていたのだ。それがいまはこうして護送車に詰め込まれ、犯罪者として裁判所に送られている。自分でしでかしたこととはいえ、現実のあまりの厳しさに軽いめまいを覚えた。

裁判所の待合室は日本とは違い全員一緒の大部屋だった。

最初に警察から持ってきた荷物の持ち物検査があった。荷物を広げて少しチェックをしただけで、色々なくなっているのがわかった。

密輸しようとしていたダイエット薬や医薬品、雑貨店用の化粧品などはすべて没収されており、日本から持ってきていたカメラ付き携帯電話やタイで販売用に買っていたアクセサリーなど、金目のものも消えていた。たとえば、タイで買った24Kの金の指輪はケースだけ残されていた。軽いと気づかれると思ったのか、ケースを開けると10バーツ硬貨が1枚入れてあった。タイで逮捕されると警官にものを盗まれることがあると聞いていたが、身をもって体験した次第だ。

荷物の中にはタイの有名歌手のＣＤもあった。私はタイの歌謡曲モーラムやルクトゥーンが好きで、自分用と店での販売用に数枚のＣＤを持っていた。検査に立ちあっていた裁判所の職員がそれを見つけて、どうせしばらく聴けないんだからくれないかと言ってきた。どうでもよくなっていたので、全部その職員にくれてやった。

薬物犯専用の刑務所へ

移送書類を受け取ると、いよいよ刑務所への移動だ。だだっ広い待合室で待たされた後、各地の警察署から送られてきた麻薬事犯・約20名と一緒に午後も遅い時間、バスに乗り込み出発した。逃走防止のため、両手には手錠がかけられ、別の者の足と自分の足をヒモで結ばれる。

移送者の中に1人、驚くほど美しいガトゥーイがいた。年の頃は20代前半。華奢な身体付きで、きれいに伸ばした美しい髪。静かでものうげな表情はとても男とは思えない。みな彼のことが気になるのか、チラチラ盗み見している。

移送先は、バンコクにあるボンバット刑務所だった。ヘロインや覚せい剤、ヤーバー、大麻などに関連した犯罪者が収容される、薬事犯専用の刑務所だ。

バスは30分ほど走り、高い塀の前で停まった。そこで私たちはバスから降ろされ、刑務所に入るのである。日本の刑務所には何度か厄介になったことはあったが、タイの刑務所は初めてだ。しかも、薬物犯専用の刑務所……。緊張で手に汗がにじんだ。

正門の扉が重い音を立てて開いた。塀の中にはだだっ広い空間が広がっていた。

まず思ったのは、汚いということだった。ゴミや使った道具などがそこらへんに適当に転がっている。日本の刑務所ではそんなことはまずないので、ある意味、新鮮だった。また、設備の古さも気になった。きちんと手入れをしていないのか、全体的に薄汚れており不潔な印象がした。

刑務所内には建物がたくさんあった。そのうちのひとつに通され、身体検査を受ける。薬事犯ということもあって下着まで脱がされ、尻の穴まで調べられる。例のガトゥーイも一緒だったので検査のときはちょっとした騒ぎになった。みんながそちらの方ばかり見ているので、刑務官がしまいには怒鳴り出した。

どこに麻薬を隠し持っているかわからないということで、所持品も徹底的に検査された。靴は没収され、ズボンはカットされ半ズボン状態で渡された。その他、持ち込みOKとして渡されたものは、衣類とタオル、洗面具などの日用品と、みやげ用に買っていたナッツやノシイカなどの菓子類だけだった。時計などの貴重品は預かり証をもらっての刑務所保管で、現金も同様だった。

その後、荷物を置いて別の場所で写真撮影があった。戻ってきたら、荷物の中からお菓子が消えていた。警察に面会にきた領事の話では、刑務所では生活用品一式が支給されるから心配ないということだったが、毛布一枚どころかサンダルひとつもらえず、裸足でウロウロしなければならなかった。

まさかの足かせを装着

そして、その後、また別の部屋に連れて行かれた。

そこには巨大な万力のような装置があり、長い鎖のついた直径1センチはある鉄の輪っかが置かれていた。それらを使って、いまから私に足かせをつけるという。

私は思わず目と耳を疑った。私は未決囚だ。犯罪をやったのは事実だが、建前上はまだ無罪になる可能性がある。身分としては、一般市民と同じなはずだ。そういう人間にタイでは足かせをつけるというのか。

しかし、刑務所側は本気のようで、未決囚の足首に粛々と足かせが巻かれていく。

そうこうしているうちに私の番になった。開いた鉄の輪っかが足首に当てられ、それを巨大な万力で締め付けていく。足かせの鎖は持ち上げると膝上くらいまでの長さがあり、手で持つとズシリと重い。足かせと鎖を合わせて3キロ程度はあるだろうか。鎖のひとつひとつも分厚くしっかりとしており、とても外せそうにない。ためしに歩いてみたが、鎖をジャラジャラ引きずってしまい、とても歩けたものではなかった。足かせが足首に食い込み、鋭い痛みもある。足かせは寝る時も水浴びをするときも付けっぱなしだ。

あとでわかったことだが、この足かせはすべての囚人がつけられるわけではないらしい。

営利目的の麻薬密輸犯や殺人犯といった重罪犯が対象で、その期間も長く、ここボンバットでは何年もつけっぱなしということもある。私の場合は別の刑務所に移送されるまでの5ヶ月、ずっと足かせをつけられた。

囚人たちは慣れたもので、鎖を上に持ち上げ、ズボンなどに付けたヒモに縛っていた。そうすれば鎖を引きずることなく歩けるのである。

私が鎖を引きずって歩いていると、それを見かねた囚人がどこからともなく寄ってきて、腰にヒモを付けて、鎖を歩きやすいように縛ってくれた。作業賃などは一切取られなかったので、この刑務所の伝統になっているのだろう。

ボンバットではこの足かせにちなんで、おかしな行為も流行していた。日中、足かせをつけた囚人たちがよく足かせの鎖を床のコンクリートにこすりつけているのだ。なんでも鎖を研磨することで、輝きが増し、軽くすることができるらしい。

足かせのベテラン組になると、鎖は顔が映り込むほどピカピカに磨きあげられており、研磨を重ねたために、厚さが驚くほど薄くなっていた。どうやら囚人たちの間では、ピカピカの鎖はある種のステイタスになっているようだった。とはいえ、あまり薄くし過ぎると新品の鎖に交換されてしまうそうだが。

床一面が囚人でびっしり

足かせをつけ終わると、夕食が出た。赤飯《あかめし》と呼ばれるご飯とスープだったが、口に合わず一切喉を通らない。食後、ようやくその日の仮の宿に案内された。

タイの刑務所は広大な敷地を有しており、その中にビルディングと呼ばれる施設が複数ある。ビルディングは塀で囲まれており、中には囚人が寝起きする獄舎や水浴び場、ダイニングと呼ばれる集会場、ロッカールーム、運動場、作業場などがある。ビルディングはそれぞれが独立しており、ビルディングが変われば規則も変わるということがよくある。基本的に囚人たちはこのビルディング内で生活しており、移されでもしない限り、他のビルディングの囚人と交わることは少ない。

その日、連れて行かれたのは、9番ビルディングだった。

刑務官に連れられて収容棟の雑居房に入る。部屋を見て驚いた。舎房は学校の教室を少し広くしたようなスペースだったが、そこにびっしりと隙間なく人が寝ているのだ。60名はいるだろうか。床一面が囚人で埋め付くされた状態で1人のスペースが幅50センチほどしかない、驚きを通り越して唖然としてしまった。部屋長（ベテランの囚人で、世話係を務める）が毛布を一枚貸してくれ、寝る場所を確保してくれたので、ようやく腰を下ろすことができた。

舎房内には、隅にトイレ兼用の水浴び場があった。天井には東南アジアでよく見かける巨大ファンが取り付けられており、一面の壁の上部には鉄格子つきの窓があった。そのほか、部屋にはテレビもあったがすべて録画した番組が放送されており、ときには日本のテレビ番組（『はじめてのおつかい』などのバラエティー番組）も流れることもあった。

囚人たちは布団やマットレスを横50センチ、縦160センチほどにカットしたものを床の上に敷いていた。どうやらそれが1人分のスペースということらしかった。舎房の中では数人の囚人が小さな造花を作っていた。後で聞いたところ造花作りは刑務作業で、1日のノルマはあるがいつ作業してもいいらしく、こうして手の空いた時間に作っているということだった。ちなみに報奨金は1ヶ月で数十バーツだという。

この舎房には日本語を話すタイ人はいなかった。だが、日本人の私に好奇心が刺激されたらしく、何人かのタイ人が話しかけてきた。私はタイ語がほとんど分らないが、そのうちの1人がビルディングの他の房には日本人が服役していて、明日その人のところに連れて行ってやると言っているのがわかった。他にも日本人がいることがわかり、私は心底ほっとした。

日本人レディーボーイがいた

翌日は6時起床で、点呼の後、出房した。

ここでボンバット刑務所の1日の流れを記しておこう。

起床は6時。点呼を受けた後、舎房の外に出る。ここで朝食の支給がある。ちなみにボンバットの食事は朝昼の2回のみ。夕食は昼に出たものを取っておいたり、差し入れ屋（面会に訪れた者が差し入れ品を購入する店。刑務所に併設。食品や日用品など、一通りの物が揃う）でおかずをオーダーするなどして、自前で用意する。

朝食後は自由時間、刑務作業のある者は袋貼りやゴム風船の色付けなどをしていた。作業のない未決囚は運動したり、だべったり、読書をしたりしている。ボードゲームもでき、バックギャモンが人気だった。手紙を書いている人も多かった。ウォークマンのようなポータブルオーディオ機器で音楽を聴いている者もいた。タイ語の新聞もあった。屋根のある広場には、大きなテレビが1台置かれており、映画のビデオを流していた。どういう理由かわからないが、時々、無修正のポルノビデオが放映されることがあり、刑務官も囚人と一緒に観ていた。

昼食は13時頃。15時30分には舎房に戻り、入り口が施錠される。舎房の電灯はつけっぱなしなので消灯時間はない。眠たくなったらアイマスクをしたり、目にタオルをかけたりして眠るのだ。そのほか朝8時に国歌斉唱とお教、夕方6時にも国歌斉唱があった。国歌吹奏時はタイ人たちは立ちあがって王室に敬意を表するが、外国人にはその義務はなかった。

さて、ボンバット刑務所の2日目の朝、出房するとさっそく日本人受刑者が会いにきてくれた。

現れたのは20代後半くらいのTさん。きれいな顔をしていると思ったら、レディーボーイだった。

罪状は覚せい剤所持。パーティー用にヤーバー600錠を購入し、バンコク市内をトゥクトゥクで移動していたところを捕まったのだという。本人は密告されたのではないかと疑っていた。求刑は懲役8年、それが4年に減刑され、現在、服役2年目。あと2年ほどで出られるという。

Tさんはとても親切で、私に刑務所の生活について丁寧に教えてくれただけでなく、食事までご馳走してくれた。

刑務所生活は不安が多いが、Tさんのような仲間がいれば乗り越えることもできるだろう。そう思ったが、Tさんと会ったのはこれが最初で最後だった。なぜなら翌日には、私が収容されるビルディングが正式に決定したからだ。

幅1メートルの通路に3人

翌日、正式に私の入るビルディングが決まった。

4番ビルディングだった。

ここは9番ビルディングが天国に思えるほど、酷いところだった。

舎房の床の上はすでに満員で寝る場所がなく、一段低くなった幅1メートルくらいの通路に3人で寝かされることになったのだ。

タイの刑務所は囚人同士のもめごとを避ける知恵なのか、原則としてはなにごとも平等で、マフィアのボスのような人物でも、舎房内では一般囚人と同じくらいのスペースで寝起きするのが普通だった。だが、通路に関しては別で、ここは新入り用の場所になっていた。床に空きができればそちらに移れる仕組みだ。もっとも寝る場所は金でどうにかできた。床に寝ている者に金を払って居場所を変わってもらうのだ。しかし、当時の私といえば手持ちの現金はほぼゼロ。そんなことをする余裕はない。私に割り当てられたのは、通路の真ん中だった。両側にはタイ人の囚人がおり、ほぼ密着して眠ることになる。これは本当に辛かった。とくに夜、トイレに起きたりするとたちまちスペースがなくなっている。むりやりこじ開けて自分の居場所に入るときの情けなさといったら、いまでも夢に見るほどだ。

だが、この私の舎房もボンバットの中ではまだマシな方だった。

当時のボンバット刑務所は超過する収容者に対応するため、床を増やした部屋もあった。床を増やすといっても、部屋を広げるわけではない。部屋の真ん中に床をとりつけて、1つの部屋を無理やり上下2部屋に分けてしまうのだ。ボンバットの舎房は天井が高かったので、そんな力技がまかり通ったのである。

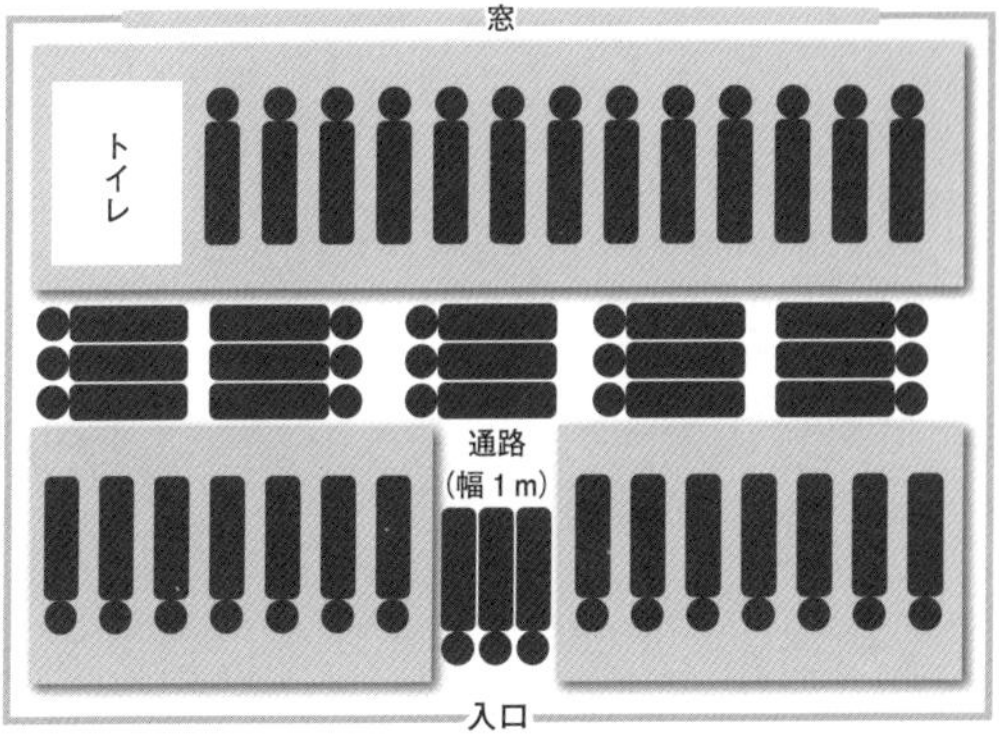

ボンバット刑務所の獄舎。幅１メートルの通路に３人が寝かされた。

たまたまその舎房の中を見る機会があったが、まさに地獄だった。

天井のファンも使えず（ファンを回すと、囚人に当たってしまうため）、灼熱地獄の中、汗をかきかき蠢《うごめ》く囚人たち。絶対にこの部屋にだけには入れられたくないと思った。が、後に裁判で戻りが遅くなった時などに入れられてしまうのだった。

日本ビイキの中国人

４番ビルディングには日本人がおらず、周囲はタイ人ばかりだった。言葉も分らない中、どうなってしまうのか。不安に苛まれていると、思わぬ救い主が現れた。

リビングフロアーにいたとき、中国人の未決囚が突然、話しかけてきたのだ。

彼は当時20代中盤くらい。なかなか爽やかな風貌で、鍛えているのか、筋肉が発達したムキムキの体をしていた。日本人が入ってきたことをどこかで聞きつけたらしく、わざわざ探して会いにきてくれたという。

彼は日本語がぺらぺらだった。日本に住んでいたのかと聞くと、そうではなく、単なる日本ビイキなのだという。日本のことが好きで、シャバにいたころは何度か旅行で訪れたことがあるという。

罪状は当時多かったヘロインの密輸。長く裁判で争っており、ボンバットにきてからかなりになるが、まだ判決が出ていないという。あえて詳しくは聞かなかったが、軍や特殊警察が登場するような大捕り物だったらしく、ヘリで銃撃戦を繰り広げたなどと言っていた。

彼はとにかく親切で、なにかと世話を焼いてくれる。私が金を持っていないことを知ると、毛布や食事をくれ、裁判のときには弁当まで持たせてくれた。彼に出会ったことで、私はかなり助けられた。

このときの私の所持金はわずか2000バーツ（6000円）。当時は国際人権団体のアムネスティ・インターナショナルから外国人受刑者に1日9バーツ（27円）

の支給があった。これは後に廃止されたが、9バーツあれば手紙代や切手代になる。これにも大いに助けられた。

順番を巡って一触即発の危機

ボンバット刑務所は、舎房こそ酷かったが、所内の風紀はそれなりの状態に保たれていた。麻薬関係の事件で収容されている者ばかりなので、外部から麻薬の持ち込みなどがあるかと思っていたが、私が知る限りそうした事件はほとんどなかった。先程も述べたように、囚人同士はもめごとを避けるために平等・公平であることを意識していた。雑居房には部屋長がいたが、寝るスペースは他の囚人と一緒だった。特別扱いをしないことで、トラブルを回避していたのだろう。

そういえば、一度、私自身がケンカに巻き込まれそうになったことがあった。

ボンバットでは、朝にお湯の配給があった。それでコーヒーやお茶を入れたり、カップラーメンを作ったりして食べるのだ。4番ビルディングにはお湯を貯めた小さなタンクが2台あり、朝、囚人たちがその前に行列をつくった。

この行列というのがなかなかシビアで、タンクの容量には限りがあるため、後ろに並んでしまうとお湯が手に入らないこともあった。その場合は、次のお湯が沸くまでしばらく待たなければならない。

それが嫌なのか、とにかくタイ人たちは行列に平気で横入りしてきた。これもタイの流儀だと思い、しばらくは我慢していたが、あまりに平然と横入りをしてくるのでだんだんイライラしてきた。

そしてある日、ついに堪忍袋の緒が切れてしまった。

その日、いつものように列に並んでいると、20歳くらいの若いタイ人が横入りしてきた。上半身裸（これがタイの受刑者のスタイル。囚人服もあるが、基本的に裁判所などに行くときに着るだけ。普段はみな半ズボンに、上半身裸ということが多い）で、刺青を入れた男だった。

私は男の腕をつかむと、列から引きずり出し「ちゃんと並べ！」と日本語で怒鳴りつけた。男は一瞬ポカンと間の抜けた顔をしたが、すぐに我に返ると拳を握ってファイティングポーズをとった。そっちがその気なら、やってやるまでだ。私が応戦しようと身構えると、周りの囚人が慌てて止めに入る。そうこうするうちに騒ぎを聞きつけて刑務官が飛んできた。すんでのところで殴り合いにはならなかったので、お咎めはなし。私も男も落ち着いたので、そのまま解散になった。

翌朝、お湯をもらうために並んでいると、いつもの横入りは一切なくなっていた。しかし、感心したのもつかの間、2～3日もすると元の横入り天国に戻ってしまった。いちいち怒るのも馬鹿らしくなって、それからは私も堂々と横入りをするようになった。

大使館は当てにならない

ボンバット刑務所にきたのが、12月の下旬。

それから1ヶ月以上が過ぎ、2003年1月も終わりになったが、日本大使館の領事から連絡が一切なかった。面会どころか、手紙ひとつも寄越《よこ》さない。

警察に面会にきたとき、領事は年末で忙しいから面会は年明けになると言っていた。1月の終わりも彼らの世界では〝年明け〟になるのだろうか。

家族と連絡がつかず、私は心底困っていた。家族に連絡をしたのは、空港で調書を取られた後でほんの少し話したのが最後だ。領事はちゃんと私がボンバット刑務所に入れられていることを伝えてくれたのだろうか。

だが、それ以上に困っていたのが、薬の問題だった。

私は喘息持ちで、吸入薬が必要だったが刑務所では特別な医薬品は支給してくれず、日本大使館か家族の差し入れに頼るしかない。手元に薬がない今、喘息の発作が起きれば命とりになるおそれもあった。年が明けても領事が届けると約束した薬は届かず、忘れられては困るとボンバットにきてから領事に手紙を書くようになった。1週間に1通、合計7、8通は出しただろうか。

しかし、返事がこない中、2月に恐れていた事態が起きる。

夜中になって突然、呼吸困難に陥ったのだ。気管が狭まり、息が苦しくなる。呼吸をするために、全身に力を入れる。舎房に私のあえぎ声が響いたが、医務室に運んでもらえなかった。タイの刑務所は朝にならないと囚人を舎房の外に出すことはできないのだ。

私は苦しい呼吸の中、生き地獄のような一夜を過ごした。朝にはほぼ意識不明の状態になっており、刑務所内の病舎に運ばれた。点滴と薬の吸引を受けると、昼前には良くなった。

喘息の吸引薬は当時、250バーツ（750円）で買えた。たったその程度のものでも、大使館は助けてくれないのか。その姿勢には大いに失望させられた。

しつこい手紙作戦が効いたのか、3月になってようやく領事の面会呼び出しがあったが、面会所に行くとだれもいない。刑務官に慌てて聞くとすでに領事は帰ったという。なんでも、私がくるのが遅いと怒って帰ってしまったそうだ。

領事が次に刑務所にきたのは4月になってからだ。私の家族と連絡がついたそうで、金を送ってくれると言っていたという。このときの私といえば、もう予備審問はおろか、一審も終わりに差しかかっていた頃で、判決が出る直前だった。妻から入金があったのはこの2ヶ月後の6月になってのこと。そのとき私は結核を発症して、刑務所内の病院に入院中だった。

ついに裁判が開始

2003年3月。空港での逮捕、そしてボンバット刑務所での移送から2ヶ月以上経ち、ようやく私の裁判が始まった。

裁判所までは例の護送車で向かう。足かせはつけたままで、逃走防止のために別の囚人とペアを組み、手錠と足ヒモを付けられる。

最初は予備審問だ。ここで起訴状の内容を認めるか、それとも裁判で事実関係を争うか、の選択を迫られる。今後の裁判を占う意味でも重要な局面だ。しかし、いきなり国選の通訳が現れないというトラブルが発生。予備審問が延期されてしまう。通訳がこないなんてことがあるのか、私は驚き、呆れてしまった。

数日後、再び裁判所で予備審問が行われた。

今回はしっかり通訳がいた。60歳くらいの華僑のタイ人男性だ。

裁判所の待合室で順番がくるのを待っていると、その通訳が私のもとにやってきた。そして携帯電話を取り出すと、電話をしろと言ってきた。携帯電話の持ち込みは禁止のはずだが、私に電話をさせるためにわざわざ持ち込んでくれたのか。

私は御礼を言って電話を受け取ると、柱の陰に隠れて電話をした。

相手はバンコクの知人だった。挨拶もそこそこに面会にきてくれるように頼んだ。そこで警備員に電話が見つかってしまう。通訳は携帯電話を取り上げられ、厳重注意を受けた。私のせいで申し訳ないと謝ったが、とくに気にする様子はない。

予備審問に合わせて、私にもようやく弁護士がつけられた。

担当になったのは、いかにも頭の切れそうな若い男性弁護士だった。

私は裁判で争うつもりだった。錠剤はカオサンで知り合いに渡された、ヤーバーだとは知らず、睡眠薬だと思っていた……。その線で行きたいと相談すると、弁護士は力強くうなずいた。頼りになる男だと、このときは思った。

予備審問では罪状認否はせず、一審に持ち越すことを表明した。

さあ、あとは裁判で争うだけである。

数日後、いよいよ一審が開かれる。私は軽い緊張を覚えながら法廷に向かった。

タイの法廷は日本の法廷とよく似ていた。日本でも何度か被告人席に座ったことがあったので、緊張は徐々にほぐれていった。しかし、おかしなことに裁判の時間になっても担当の弁護士が現れない。被告側の弁護人席はいつまでも空いたままだ。

さすがにこれはおかしいのではないか。法廷がざわつき始めた。すると裁判官が傍聴席に向かってなにやら語りかけた。視線の先には40歳くらいのタイ人女性がいる。女性はうなずくと、傍聴席を通り抜けて法廷に侵入し、私の隣に座った。

私は弁護士です、とその女性は日本語で言った。続けて、あなたの弁護士は今日はこない、だから代わりに私が弁護しますと言う。弁護士が裁判をすっぽかすなど、そんなことがあっていいのだろうか。あとになって思えば、私が裁判で争うといったのが悪かったのだろう。国選弁護士は金にならない。事実関係を争うとなれば、当然、裁判が長引く。弁護士にとってみればわりに合わない仕事なので、きっと面倒臭くなって逃げたのだろう。

裁判官が厳粛な顔でなにやら言い渡した。通訳がたどたどしく伝えるところでは、この女性弁護士が代わりの弁護を了承したので、10分後に裁判を再開するという。たった10分しかないのか。私はあわてて女性弁護士に向き直り、戦法を相談した。睡眠薬だと思った、という作戦で行きたいと伝えると、女性弁護士は反対した。

タイの裁判は認めるべきときは認めた方が得なのだという。ヤーバー１２５０錠というと、日本の感覚で言えば多いが、タイでは少量。一審で素直に罪を認めれば、求刑はせいぜい懲役25年程度。判決は求刑の半分になるのが常なので、懲役12、13年。タイは頻繁に特赦《とくしゃ》があるため、早ければ5、6年で出られるかもしれない。

女性弁護士は自信満々な顔でそう言った。

タイの刑務所に入るのは嫌だが、罪を犯したのは事実。5、6年で済むのだったら、安いものではないか。私は女性弁護士の提案を受け入れることにした。

まさかの求刑死刑で頭が真っ白

ボンバット刑務所での暮らしも4ヶ月目に入り、知り合いも増えていた。彼らの多くは未決囚であるため、会話の内容も裁判の話が中心になる。この頃、ボンバット刑務所は1人の台湾人の話題で持ち切りだった。

この台湾人はヘロイン500グラムを密輸した罪で捕まっていた。ヘロインは数ある薬物の中でもとりわけ罪が重く、500グラムとなれば相当な量だ。しかし、下された判決は求刑が死刑だったにも関わらず懲役25年。普通なら終身刑になってもおかしくないのに、驚くべき軽さである。

この台湾人の話を聞いていたら、にわかに希望が湧いてきた。先ほども述べたが、私の密輸したヤーバーは決して多い量ではない。女性弁護士の言うとおり、求刑は懲役25年程度で収まるかもしれない。

2003年4月、運命の一審・2回目の公判が開かれた。

この公判で、検察側から求刑がなされることになっていた。

警察などの証言の後、タイ語のみで書かれた調書や起訴状の確認がとられた。相変わらず日本語訳や英語訳はないので、何が書いてあるのか、一切わからない。

そして、いよいよ求刑のときが訪れた。

検察官が起訴状を読み上げて、求刑を告げる。

いったい何と言っているのだろうか。

隣にいる弁護士の顔を見ると、彼女は正面を見据えて青白い顔をしている。

通訳の顔を見ると、ショックを受けたような表情をしている。

私の求刑は何だったのか。通訳は妙に聞き取りやすい日本語で〝死刑だ〟と言った。求刑死刑……。なぜそうなったのか。懲役25年程度が妥当なのではなかったか。理由を説明してほしくて弁護士の顔を見つめたが、彼女はかたくなにこちらと目を合わせようとしない。

予想もしなかった求刑の重さに、身体が平衡感覚を失うほどのショックを受ける。これが夢であってくれたら……。私はだれに祈るでもなく両手を合わせた。

見過ごした運命の分かれ道

公判後に裁判所の待合所で待たされる。戻ってくるなり、落ち込む者もいれば、喜びの声をあげる者もいた。いま喜んでいる男はきっと大麻で捕まったのだろう。大麻はタイでも比較的罰則が軽い。あの喜びようを見ていると、このまま釈放されるのかもしれない。

しかし、私といえば……。タイの裁判では、一審の判決は求刑の半分になることが普通だ。求刑が死刑ということは、判決は終身刑。私はすでに50歳だ。いくら特赦があるとはいえ、生きて再び日本の土地を踏むことはないだろう。

今思えば、この裁判には勝算がないわけではなかった。

タイでは密輸が営利目的であると判断されれば、量刑がグンと重くなる。営利か否か、判断のポイントは密輸量と、そこに含まれる成分量の2つあった。まず密輸量の場合、ヤーバーなら1000錠が営利の最低量だった。たった1錠しか違いがないが、999錠ならば営利がつかず、量刑が大幅に軽くなるのである。

一方、成分量の場合は、営利とみなされるのはアンフェタミン（覚せい剤の成分）が20グラム以上。私が密輸したヤーバーのアンフェタミン量は、成分分析の結果、19・8グラムしかなかった。ようするにギリギリ営利にならない量だったのである。

この点にもっと早く気がついていれば、きっと一審の結果は違ったことだろう。

しかし、私はもちろん、頼りになるはずの弁護士もこの点がまったくわかっていなかった。この女性弁護士は、おそらく薬物関係の事件の弁護経験が一度もなかったのではないか。なにしろこの弁護士は、囚人たちの間で常識だった、営利の一級薬物（ヘロイン、覚せい剤など）の密輸の求刑が必ず死刑になるということすら知らなかったのだ。懲役5、6年で出られる、などというあまりに都合のよい見方を信じた私もバカだった。

しかし、いまさら何を言っても後の祭りだ。

このときの感情は、悲しいとか、驚いたとか言うよりも〝無〟に近かった。それまで私を支えていたのは、再び生きて日本に帰ろうという思いだった。しかし、求刑死刑を受けたことで、その望みはほぼ絶たれた。意思や希望が一瞬で打ち砕かれてしまったのだ。もう私に残っているものは何もない。

刑務所に戻ると、未決囚たちが私の帰りを待っていた。求刑死刑だったことを告げると、みなショックを受けているようで、口々に慰めの言葉をかけてくれた。

そして、2003年5月、一審の判決が下された。

私はまだわずかな希望を持っていた。あの台湾人のように懲役25年で済むのではないか。だが、下された判決は無常にも終身刑だった。

当時、タイの刑務所は量刑によって分かれていた。終身刑となった私はボンバット刑務所から、バンコク北部のノンタブリーにあるバンクワン刑務所に移送されることになった。

バンクワン刑務所は、懲役30年以上の刑を受けた重罪犯専用の刑務所。ボンバットの囚人たちに聞くと、殺人犯や強盗犯、強姦犯などの凶悪犯がウヨウヨしており、死刑囚までいるという。私は不安の中、移送の日を待ったのだった。

【第三章】

凶悪犯うごめく、バンクワン刑務所にようこそ

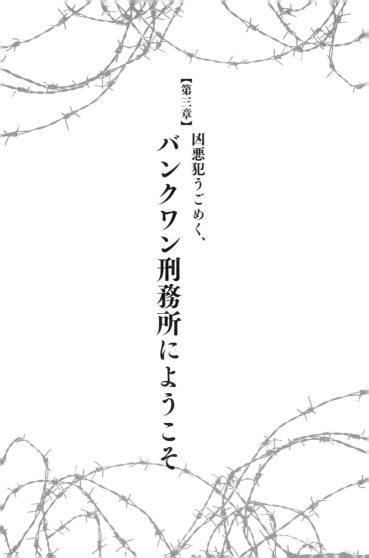

重罪犯専用の特殊な刑務所

２００３年5月、一審で終身刑の判決を受けたことで、私はボンバット刑務所から長期刑専用の刑務所であるバンクワン刑務所に移送されることになった。

移送の日、預けていた荷物を受け取り、護送車に乗り込む。足かせは外してもらえると思っていたがそのままだ。他の囚人に聞いたところによると、バンクワンに移った後も３ヶ月はこのままつけられっぱなしなのだという。

いまでは規則が変わったようだが、当時のタイの刑務所は刑期によって収容される先が分れていた。これから行くバンクワン刑務所は、懲役30年以上の有期刑者と終身刑、死刑囚を収容するタイで唯一の刑務所だった。私の入所時はタイ全土の刑務所から長期刑囚が移送されてきていたため、定員の倍近い６２００名を超える囚人が収容されるという超過密状態にあった。

刑務所の周囲には鉄製のフェンスが張り巡らされており、その内側に高い塀が見えた。正門は黄色っぽい建物で、３メートル近い高さの鉄製の門がある。

バンクワン刑務所は１９３０年に建てられた。バンコクの北11キロにあり、すぐ近くをチャオプラヤ川が流れている。敷地面積は80エーカー（東京ドーム約7個分）。私が入所したときには、敷地内は14の区画に分かれていた。

正面口から広い通路がまっすぐ一本延びており、その両脇に囚人を収容するビルディングが並んでいる。また正面口からは左右にも道が延びており、その先にもいくつかビルディングが配置されていた。

私が収容されていた頃、バンクワンには1番から17番（11、15、16番は欠番）までのビルディングがあった。ここで、それぞれの特徴を簡単に説明しておこう。

・**1番ビルディング**…2005年頃に建て替えのために取り壊されたが、現在に至るまで放置されていて草茫々。噂によると刑務所の幹部が建て替え費用を着服。そのため放置されているということだった。

・**2番ビルディング**…私が服役生活の大部分を過ごすことになったビル。当初は6番ビルディングにいたが、途中で変わった。舎房のある収容棟（2階建て）の1階部分の半分は死刑囚房になっていて約300人の死刑囚が収容されていた。後に懲罰房が増設される。

・**3番ビルディング**…一般囚人の収容棟。ビル内には縫製工場もあり、日本の有名ブランドのジーンズのコピー商品が製造されていたことも。

- **4番ビルディング**…おもに残刑が少なくなった囚人を収容。
- **5番ビルディング**…一般囚人の収容棟だったが、懲罰房（10番ビルディング、後述）から解放された囚人が収容されることが多かった。死刑囚房も併設。このビルディングの死刑囚は隔離状態だった。問題行動をとる死刑囚が優先的に収容されたらしい。
- **6番ビルディング**…一般囚人の収容棟。刑務所バンドの練習場がある。当時は象嵌《ぞうがん》細工の工場もあった。
- **7番ビルディング**…炊事場。囚人たちがオーダーしたおかずを作っている。
- **8番ビルディング**…縫製工場、家具工場のあるビル。金持ちの囚人は机等をオーダーしていた。
- **9番ビルディング**…炊事場。主に刑務所から配給される食事を作っている。
- **10番ビルディング**…懲罰房。このビルディングのみ独居房だった。
- **12番ビルディング**…病院棟。病舎の1階は外科、内科の患者が約50名、ビルの2階には結核患者約40名が入院。診察のための建物は別にあり、看護婦（女性刑務官）も5名ほど働いていた。一時期はレディーボーイが看護婦を

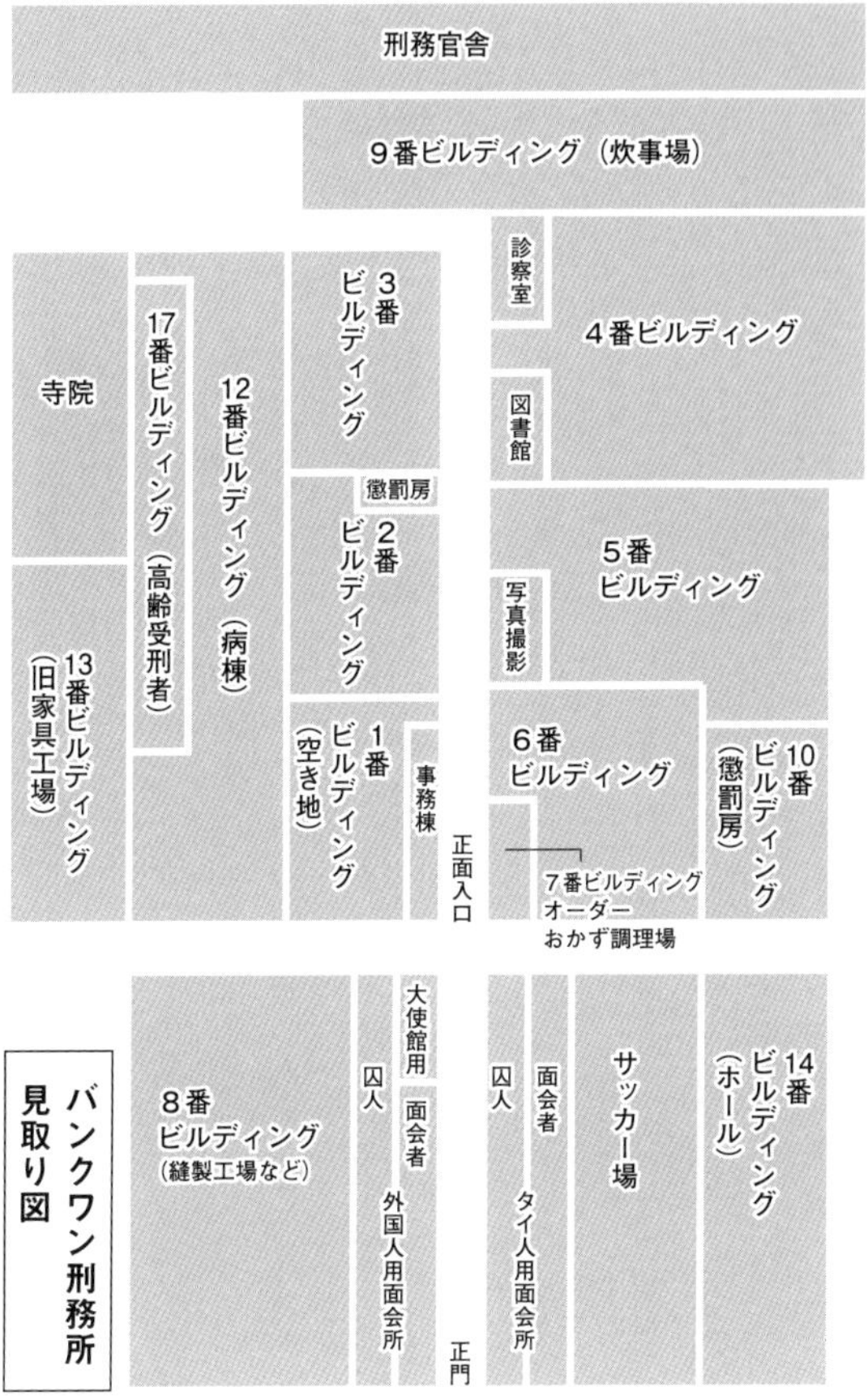
刑務官舎
9番ビルディング（炊事場）
診察室
4番ビルディング
図書館
寺院
17番ビルディング（高齢受刑者）
12番ビルディング（病棟）
3番ビルディング
懲罰房
2番ビルディング
5番ビルディング
写真撮影
13番ビルディング（旧家具工場）
1番ビルディング（空き地）
事務棟
6番ビルディング
10番ビルディング（懲罰房）
正面入口
7番ビルディング
オーダー
おかず調理場
8番ビルディング
（縫製工場など）
囚人
大使館用
面会者
外国人用面会所
囚人
面会者
タイ人用面会所
サッカー場
14番ビルディング（ホール）
正門
バンクワン刑務所見取り図

していたことも。敷地が広く、のどかで入院中は散歩も自由。庭にはマンゴーやタマリンドなどの果物がなっていた。池もあり、アヒルが泳いでおり、九官鳥も飼われていた。

- **13番ビルディング**……家具工場のあったビルだが後に釈放者の釈放教育の場になった。私が釈放時移された際には家具用工作機械が埃をかぶっていた。
- **14番ビルディング**…集会所にパソコン教室や絵画教室のあるビル。敷地内には広いサッカーコートもあった。
- **17番ビルディング**…後年追加された高齢の囚人専用の収容棟。150人程度の高齢の囚人が、ひとつの巨大な部屋で寝起きしていた。すぐ隣に12番ビルディングがあった。

1番ビルから17番ビルまで定員は600～700人。基本的にすべて雑居房で、1部屋に7～8人を収容する小さな部屋と、20～25人を収容する大部屋の2種類があった。私が入所したころは超過状態で、定員の倍近い囚人を収容していた。

その他、5番ビルディングの傍には、写真を撮影したり、指紋を採取したり、足かせをつけるための部屋があった。また、日本語の本が置いてある図書館もあった。

ボンバット刑務所と同様に、各ビルディングは塀で囲まれており、基本的には収容されているビルディングの中で生活する。ビルディングの外に出られるのは、面会か、外の事務所での手続き、図書館に本を借りに行くときぐらいだった。

現金が所内で流通

移送初日、私は5番ビルディングの傍の建物で入所手続きを受けた。

そのとき、担当の刑務官に刑務所に入る原因となった麻薬の種類と所持量、裁判の判決を聞かれた。ヤーバー1250錠で終身刑と言うと二度も聞き返された。たったそれだけの量で終身刑を受けたことが信じられなかったようだ。

その後、事務所の前の通路でパンツ一枚にされ、所持品検査を受けた。ボンバット刑務所では刑務所預かりになっていた時計や必要外の衣類も、ここではすべて自己管理になるという。

最初に収容されたのは、6番ビルディングだった。まず、ビルディングチーフ（刑務官。ビルディングの責任者）の部屋に連れて行かれ、刑務所で生活するうえでの注意点を説明される。私はタイ語ができないので、台湾人の囚人が通訳として呼ばれていた。この台湾人は日本語がペラペラで読み書きまで完璧にこなした。ここにきて初めて通訳らしい通訳を受けることができた格好だ。

ビルディングチーフは説明を終えると、真剣な表情でヘロインをやめるように忠告してきた。ヘロインから抜け出す治療プログラムもあるので、必要だったら参加するようにとも言う。私はもともと痩せ型だが、当時は不健康なほどガリガリに痩せていた。体形から重度のヘロイン中毒者だと思われたのだろう。ヘロインは一切やっていないと通訳してもらったが、なかなか信用してもらえなかった。

ビルディングチーフとの面会が終わると、台湾人はロッカーの手配に付き合ってくれた。バンクワンでは私物を管理するために、囚人たちにロッカーが与えられていた。ロッカーはリビングルーム（机やテーブルのある広い場所。出房後に多くの囚人が集まる）の壁面に備え付けられている他、ロッカールームと呼ばれる5つ程度のロッカーで区切られた小部屋もあった。この小部屋は親しい者同士で使うことが多く、出房後は自然とロッカールームに集まった。ロッカールームでは、オーダーして買った食材を使って自炊することもできた。台湾人は親しい仲間と使っているロッカールームに誘ってくれ、ロッカーを使う権利を購入するようにいった。聞けばこのロッカーは売り買いされており、1台500バーツで取引されているという。

トラブルのもとになるので、刑務所では現金の所持はかたく禁じられているのが普通だ。実際、日本の刑務所はそうだし、タイのボンバット刑務所でも同様だった。しかし、ここバンクワンでは囚人たちが当たり前のように現金を使っているという。にわかには信じがたかったが、私はすぐにそれが本当であると知ることになる。

囚人が経営する売店

バンクワンの各ビルディングには、驚くべきことに囚人が経営する売店があった。この売店は小さな雑貨店くらいの実店舗があり、公然と営業している。パンや菓子類、アイスクリーム、コーラ・コーヒーなどの飲料、石ケン、タオル、洗剤などの日用品、さらにタバコなどを売っていた。囚人同士の物品の売買も盛んで、面会でもらった差し入れ品などが取引されていた。

ラジオやMP‐3なども売られていたし、携帯電話やドラッグなども取引されていた。とくに薬物汚染は深刻で、ビルディング内を薬物の密売人やジャンキーがうろついており、ヘロインを買わないか、などと声をかけられることもあった。

いまになって思えば、ここまで規則が緩いのは囚人のガス抜きの意味もあったのかもしれない。バンクワンにいる囚人は懲役30年以上、生きて出られない可能性が高い者も多い。規則でがんじがらめにすれば、自暴自棄になって何をしでかすかわからないので、刑務官たちはあえて見て見ぬふりをしていたのだろう。

所持金が少ないのでロッカーの購入を迷っていると、台湾人が立て替えてくれることになった。ロッカールームに居場所を確保するために、デッキチェアも購入してもらった（500バーツ）。

この台湾人にはその他、弁当の手配もしてもらった。バンクワンでは朝と昼の1日2回、刑務所支給の食事があったが、決してうまいものではなかった。6番ビルディングには囚人が経営する食堂があり、金のある囚人はそこで朝食を食べ、昼・夕食兼用の弁当を注文していた。弁当箱はステンレス製の三段重ねで、それぞれの段にごはん、スープ、おかずが入れられた。タイ語でも「ベントゥー」で意味が通った。

弁当代は月極で、弁当箱代込みで1600バーツ（約5000円）。この代金も立て替えてもらったので、刑務所に持ってきていたセイコーのクロノグラフを家族から入金があったら返してもらう約束で、担保として預けることにした。この台湾人はしばらくして残刑が30年を切り、別の刑務所に移送されていった。金は返済していたが、結局、担保の時計を回収することはできなかった。

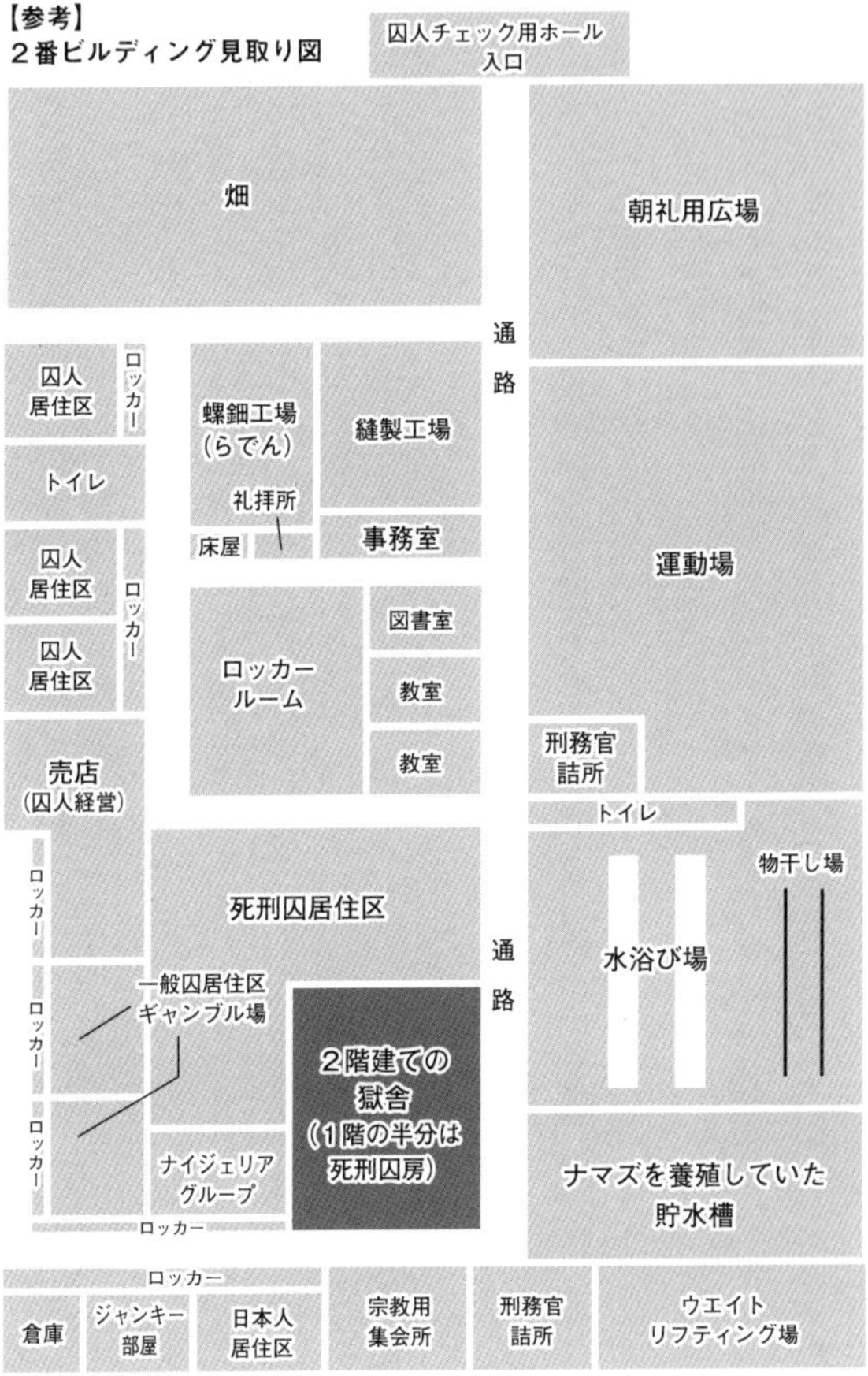
【参考】
２番ビルディング見取り図
囚人チェック用ホール
入口
畑
朝礼用広場
通路
囚人
居住区
ロッカー
トイレ
螺鈿工場
(らでん)
縫製工場
礼拝所
床屋
事務室
運動場
囚人
居住区
ロッカー
囚人
居住区
図書室
ロッカー
ルーム
教室
教室
刑務官
詰所
売店
(囚人経営)
トイレ
物干し場
ロッカー
死刑囚居住区
水浴び場
通路
ロッカー
一般囚居住区
ギャンブル場
２階建ての
獄舎
(１階の半分は
死刑囚房)
ロッカー
ナイジェリア
グループ
ナマズを養殖していた
貯水槽
ロッカー
ロッカー
倉庫
ジャンキー
部屋
日本人
居住区
宗教用
集会所
刑務官
詰所
ウエイト
リフティング場

バンクワン刑務所の1日

ここでバンクワン刑務所の1日の流れを紹介しておこう。

1日のスケジュールは基本的にボンバット刑務所と変わらない。外国人受刑者には刑務作業がないのも同じだった。

6時30分…出房。獄舎から外に出される（後年、目覚まし代わりか、午前6時にお経が大音量で流れた）。

↓

7時00分…朝食。刑務所から食事の支給がある。余裕のある者は、自炊をしたり食堂で食べる。

↓

8時00分…国旗掲揚、国歌斉唱、読経。タイ人は起立して姿勢を正し、王室に敬意を表さなければならない。外国人受刑者は、国歌斉唱、読経は免除されていた。

↓
8時30分…作業開始。刑務作業のない外国人受刑者らは自由時間。
↓
13時00分…昼食。刑務所から食事の支給がある。夕食の支給はないので、昼食のおかずをとっておき、後で獄舎で食べる。食後は再び作業時間。
↓
15時30分…作業終了。獄舎に入房する。
↓
16時00分…点呼。以降、自由時間。

おおむね、このような流れだった。起床時間と就寝時間を書いていないのは、何時に寝ようが起きようが自由だったから。消灯もなく、水浴びも自由。仕事の時間もうるさく言われなかった。食事の支給は、朝、昼の2回。夕食の支給はない。そのため、昼食をずらしたり、部屋に持ち帰るなどして、囚人たちは工夫していた。

先程も少し触れたが、バンクワン刑務所は自炊可能な珍しい刑務所だった。

売店では鍋やフライパン、七輪といった調理器具が販売されており、肉や魚、野菜などの食材をオーダーすることができた。決められた調理場というものはなく、みなそれぞれロッカールームなどに集まり、七輪などを使って煮炊きしていた。

ちなみに値段の方は、豚肉が1キロ130バーツ、玉ねぎが1キロ36バーツ、卵3個で10バーツ、インスタントラーメン2個で13バーツ、サラダ油750ミリリットルが51バーツ、インスタントコーヒー（ネスカフェ）200グラムが100バーツだった。ちなみに日用品の値段をあげると、石鹸（ラックス）1個が13バーツ、洗剤150グラムが11バーツ、3バーツの切手と封筒のセットが5バーツだった。総じて、外で売られている値段よりも2〜3割高い印象だ。

刑務所ではその他、週に1、2度ほど、生野菜の支給があった。空芯菜などの青菜が多く、ときどきキャベツやダイコンが配られる。金がなければ調味料や、調理のための燃料（炭）も買えないので、生で食べるしかない。

ここバンクワンでは、1日2回の食事以外は寝具、衣類、履物から石鹸、洗剤の日用品にいたるまでほとんど自費購入だった。タイの刑務所は所持金がないと本当に厳しい場所なのだ。

収容者たちの罪と罰

これまで何度も書いているが、バンクワン刑務所は懲役30年以上の長期刑か、終身刑、そして死刑の判決を受けた者しか収容されていない。

タイの法律でも懲役30年というとかなり重い。当然、殺人や強盗などの凶悪犯が大勢いるのだろうと思っていた。もちろん、そうした犯罪を起こした者もいるにはいたが、収容者の大部分は私と同じように麻薬関連の罪で捕まっていた。

麻薬犯全員、一級麻薬（ヘロインや覚せい剤など）の営利目的の密輸や所持だ。

一級麻薬に営利がつくと、基本的に一審では死刑が求刑される。通常は私のように判決で減刑されるが、扱っていた量が多いとそのまま死刑判決を受けることもある。バンクワンにも大勢の死刑囚がいたが、その大部分は大量の麻薬の密輸や所持で捕まった者だった。

私が中で出会った者のなかで最も量の多いケースは、ヘロイン550キロの密輸を企てた囚人で、死刑判決を受けていた。彼はその当時ですでに20年近くも服役していた。死刑囚は死刑を執行されないように何かと理由をつけて裁判を引き延ばす。刑が確定するのにも時間がかかるため、20年を超える長期服役者が多かった。

その他、量の多いケースとしては、タイ・マレーシア国境で500キロのヘロインを持ち出そうとして捕まった事件、タイ・ミャンマー国境で伐採した木材をくりぬき、ヘロイン200キロを仕込んで持ち込もうとした事件、ヤーバー200万錠（約200キロ）の事件を聞いた。

量が少ない例だと、これはあくまで本人談だが、タイ～マレーシア国境でヤーバー1錠の所持で逮捕。言葉がわからないまま供述調書にサインをしてしまい、裁判で営利目的の密輸とされ、求刑死刑、判決50年を言い渡されたマレーシア人がいた。

1・5キロのヘロインを身体に巻きつけて持ち出そうとして、ドンムアン空港で捕まった日本人2人もいた。このヘロインは後に成分量を分析したところ1人は230グラム、もう1人にいたっては35グラムしか含まれていなかった。純度の低い粗悪品をつかまされたうえ、売人役のタイ人に密告されたらしい。

タイでは麻薬を密告して逮捕にいたれば、密告者に報奨金が出る制度がある。この密告で捕まるケースも多い。ヘロイン500キロのケースも、日本人2名の成分量230グラム、35グラムのケースも、ともに求刑死刑、ともに終身刑で服役中だ。

国際色豊かな受刑者たち

バンクワンには私が入所した当時、数多くの外国人受刑者がいた。国籍は多岐にわたり、日本（私の服役中、最大で10名近い日本人が収容されていた）、中国、韓国、マレーシア、シンガポール、ミャンマー、カンボジア、ネパール、パキスタンなどのアジア諸国、中東はイラン、アフリカではナイジェリア人が多かった。

もちろん、欧米人もいた。イギリスやオランダ、ロシア、スイスなどで、これらの外国人受刑者の大半は薬物がらみの罪で投獄されていた。

6番ビルディングには、例の台湾人のほかにも日本語がわかる外国人受刑者が何人かいた。マレーシア、香港、そして韓国出身の受刑者で、みなとても親切で、入所したてで右も左もわからない私にあれこれ世話を焼いてくれた。台湾人は私が喘息を患っているのを知って、足かせを早く外すように刑務官に交渉してくれた。そのかいあって、本来は3ヶ月はつけっぱなしだったはずの足かせが、わずか1ヶ月で外れた。香港出身の囚人は売店でアイスを買って差し入れをしてくれた。私は世話をしてくれたお礼に、彼らに日本語を教えていた。

韓国出身の受刑者は日本語の曲が入ったカセットテープを持っており、ときどき私に聴かせてくれた。ラジカセを入手すればテープをプレゼントしてくれるというので思い切って古いラジカセを500バーツで手に入れた。

この韓国人は穏やかな風貌と性格で、とても犯罪者とは思えなかった。後に彼がタイ人の愛人とその子どもを殺害し、遺体をバラバラにして終身刑を受けていたことを知り、ショックを受けたのを覚えている。

乱れ切った刑務所の風紀

タイの刑務所でも服役態度に応じ、囚人に等級が設定されていた。等級は全部で4段階あり、上にあがれば面会の機会が増えるなどの特典を受けられたが、最大のポイントは特赦の量が増えることだった。

だが、バンクワン刑務所は服役者の半分が終身刑以上という特殊な状態。特赦を1、2回もらったところで、出所の見通しがない者が大半だった。そのため、懲罰を受けて等級が下がることをなんとも思っていない者がたくさんおり、問題ばかり起こして一般房と10番ビルディングの懲罰房を往復する不良グループもいた。

麻薬の密売を手掛けるマフィア一派のボスは、携帯電話を持ち込み、塀の中から外に指示を送っていた。所内では密造酒が造られ、ヘロインやヤーバー等の麻薬が驚くほど簡単に手に入った。囚人の中には先の見えない人生に絶望し、それらの麻薬に手を出す者もいた。日本人の受刑者もヘロインの所持で捕まっていた。

所内ではギャンブルが盛んに行われていた。ロッカールームの中には常設のギャンブル場があり、サッカー賭博、タイボクシング賭博、サイコロ賭博、麻雀、トランプ、宝くじのナンバーズなど何でもありの状態だった。私がバンクワン刑務所に移送されてきた当時は、超過密状態のため、金を払えば廊下で寝ることが可能で、大きいレートのギャンブルをする囚人はみな廊下組だった。

当時は現金の使用も黙認されており、ギャンブル場ではテープで補修だらけの1000バーツ札が飛び交っていた。刑務官に寺銭を払えば、トランプやサイコロまで持ってきた。寺銭徴収係の刑務官付きの囚人までいたほどだ。

金の貸し借りを巡って、囚人同士でしばしばトラブルが発生した。ケンカは日常茶飯事で、毎日、どこかで殴り合いや怒鳴り合いが発生していた。

料理用に包丁やナイフを所持することができたので、小競り合いが簡単に刃傷沙汰になる。

たとえば、韓国人受刑者同士が金の貸し借りで揉めて、1人がもう1人のノドをナイフで切り裂いたこともあった。切られた方は命に別状はなかったが、囚人たちはそれを見てもたいして騒がなかった。それぐらい当たり前だったのだ。

変わった罪状の服役者

バンクワン刑務所では、囚人の多くが薬物関連の犯罪で収容されていたが、なかには変わった罪で服役している者もいた。私が見聞きしてきた中で、特に印象に残っている囚人を何人か挙げてみよう。

殺人罪で服役している囚人の1人は、殺し屋だった。彼は金で殺しを請け負ってきたプロの殺人者で、長期服役によって60歳を超えていた。なかなか洒落のわかる性格で、釈放されると刑務所に隣接した高層マンション（このマンションの上層階からは刑務所内部が丸見えだった）の上に登り、こちらに向かって手を振っていた。釈放から2ヶ月後、この囚人は再び事件を起こして逮捕されたと聞いている。

銀行強盗を起こした者もいた。この囚人はロシア人で、銀行の警備員を殺害して終身刑を受けていた。彼とは後に仲良くなり、絵がうまかったので所内の光景を題材にしたイラストを描いてもらうようになった（106ページから掲載しているイラストは彼が描いたもの）。

教え子を強姦して懲役30年の刑を受けた中学教師もいた。このタイ人は生徒と愛し合っていたし、冤罪だと言っていたが、本当のところは私たちにはわからない。

強姦と言えば、自分の寺で運営していた児童養護施設の子どもたちを何人も強姦したという、坊さんもいた。刑期は30年くらいだったが、どういうわけかいまだに信者がいるらしく、しょっちゅうバスに乗って面会にきていた。信者からは毎回高額の差し入れがあるらしく、面会が終わると刑務官がたかりにきていた。

変わったところでは、偽造カードでATMから現金を引き出して、40年の刑を受けたカザフスタン人もいた。一件一件の罪は軽かったが、不正カード1枚につき何年ということで、合計40年にもなったらしい。同じようにタイ人の窃盗犯で懲役50年の者もいた。こちらも窃盗一件につき何年という計算だったようだ。

大物では、タイの元国会議員もいた。殺人を指示した殺人教唆で服役していたが、出房後は専用の個人部屋が用意されているなど、大物らしく待遇が異常に良かった。もっとも、足かせは付けられていたが。

珍しいところでは、不敬罪で服役している者もいた。

ご存知の方も多いと思うが、タイは王室を非常に大切にしており、その権威を傷つけるような行為をすると、不敬罪で逮捕される。

服役していたのは王室の元警備員で、王族の水着写真を外部に流したというのが理由で、不敬罪に問われたということだった。この囚人に対する刑務官の当たりは厳しく、毎日、空き地に穴を掘ってはまた埋め戻すという、嫌がらせのようなことをさせられていた。不敬罪は1件で最高15年と聞いていたので、きっと2、3件の罪で起訴されていたのかもしれない。

塀の中の惨殺事件

バンクワン刑務所では、囚人同士の小競り合いが絶えなかったが、ときおり、大規模な乱闘が勃発することもあった。私が入所中には、こんな凄惨な事件もあった。

ある囚人が麻薬の密売を行っている囚人を注意したところ、ケンカになった。報告を受けた刑務官が現場に急行、2人を事務所に連れていき、事情聴取を行った。すると事務所を密売グループの仲間数十名が襲撃。注意した囚人をナイフでめった刺しにして、事務所に立てこもった。

刑務官は窓から逃げ出し、応援を呼んだ。総勢20人ほどの刑務官が駆けつけ、麻薬密売グループとにらみ合いになった。最後は1人ずつ事務所から密売グループを引きずり出し、ようやく騒動は収まった。

刺された囚人はすぐに病院に運ばれたが、すでに死亡していた。密売グループはその後、刑務官から警棒でボコボコに殴られ、重傷者も出たという。

この事件があった日、『ＤＡＣＯ』（私が獄中記を連載していたタイの日本語フリーペーパー）の読者の面会があった。面会が終わり、差し入れ品の受け取り窓口に向かったところ、窓口の真向かいにあるオフィスの前に、事件を起こした囚人数十名が引き据えられているのが見えた。

手錠が足りないためか、全員後ろ手にプラスチックのバンドで縛られており、刑務官が10人ほど付き添って見張っている。囚人たちの何人かは腕を吊ったり、包帯を巻くなどしており、刑務官から暴行を受けたというのは本当だったと思った。

差し入れを待っていた囚人たちが、ワイワイやりながらこの状況を眺めていると、見張りの刑務官がやってきて、「こっちを見るな、むこうを向いていろ」と注意してきた。しばらくして数珠つなぎになって懲罰房のある10番ビルディングに連行されていくのを横目で数えたところ、囚人たちは全部で37人もいた。

その後、伝わってきた話では、実行犯は集団で襲えば誰が殺したのかわからない、罪もその分、軽くなるなどとうそぶいていたらしい。麻薬と集団心理が掛け合わさった、狂気の所業としか言いようがない。

ボンバットよりもマシな獄舎

囚人が収容される獄舎のことも触れておこう。

懲罰房の10番ビルディング以外は、獄舎は雑居房だった。

私が入れられていたのは、幅4メートル、奥行き6メートル、高さ4メートルくらいの、日本でいう16畳くらいの部屋で、天井には2つファンがついており、一晩中、回っていた。出入り口の鍵は大きな南京錠で、床はコンクリートの上にビニールシートを敷いただけ。外側の壁の高いところに網戸がついていた。

外国人受刑者は一箇所に集められることが多く、タイ人受刑者に比べると多少は優遇されていた。外国人部屋は少ないときで、一室13人程度。過密状態のときで18人が一部屋に収容されたこともあった。一方のタイ人部屋の場合は通常の定員が17、18人だが、過密状態で常時25人くらいを平気で詰め込んでいた。

居住スペースは、外国人部屋で幅60〜65センチ×長さ180センチ程度。タイ人部屋は幅50〜55センチ×長さ180センチ程度で、囚人たちはその大きさに合わせてマットレスをカットしたものや、毛布を重ねて作った布団を使っていた。十分な広さがあるとは言い難く、寝返りでもすれば隣の囚人にぶつかるような状態である。

囚人たちは所内では私服で、囚人服は裁判所に行く時や面会のときぐらいしか着なかった。麻薬などを隠す可能性があるため、長ズボンは禁止。上半身は裸で、半ズボンという格好が一番多かった。バンクワンではテレビや扇風機の個人所有が認められていたので、部屋の中にはそうした家電置き場もある。

外向きに付けられた窓は、高さ2・5メートルくらいのところにあった。外の屋根は庇《ひさし》が窓の下あたりまで張り出しているため、刑務所の庭が見えるぐらいで景色は見ることができなかった。

室内にはロッカーなどの収納スペースはなく、必要な物はバッグなどに詰めて持ち込む。荷物は各自のスペースの上のフックに掛けるという方式だった。

就寝時間は自由だったので、囚人たちは部屋に戻るとすぐに布団を敷く。朝は布団を丸めてしばり、端に置いておくという生活だった。

その他、舎房の隅には1メートル×1メートル程度の広さの、トイレ兼水浴び場があった。水浴び場は2メートルほどの衝立に囲まれており、中で水浴びをしても外に水が飛び散らないようになっていた。私はこの水浴び場の近くで寝起きしていた。トイレのすぐ傍は臭いが酷いと思うかもしれないが、桶を使って水を流す水洗式で掃除が行き届いていたこともあって、臭うようなことはなかった。壁際で人の出入りも少なかったので、むしろ静かで良い場所だったのだ。

〝水洗式〟トイレに戸惑う

タイに旅行に行ったり、住んだことのある人ならご存知だろうが、タイのローカルなトイレにはトイレットペーパーが置かれていないことが多い。汚れた部分は紙で拭くのではなく、手による水洗いが基本だ。

タイの刑務所のトイレはこの〝水洗式〟だったため、最初は本当に参ってしまった。大きいものをした後などは、指についているのではないかと時間をかけて何度も手を洗ったものだ。しばらくは酷い便秘が続いたが、慣れというのは恐ろしいもので次第に何の抵抗もなく手で洗うようになった。慣れてしまうと、むしろ紙を使うよりも清潔のような気がしてきた。

トイレは浄化槽に溜め込む方式のため、年に2回ほど囚人による汲み取り作業があった。汲み取った汚物は、ビルディング内の畑や空き地を掘り起こして埋めていた。汲み取りのときは1人5バーツ程度の金が徴収された。集まった金は汲み取り作業を手伝った囚人への報酬にされたようだ。

ちなみに刑務所の風呂は水浴びである。

獄舎の外に幅1・2メートル、長さ10メートルほどの貯水槽を備えた、洗濯兼用の水浴び場があり、そこから水を汲んで身体を洗い流す。水浴びの時間というのが一応設定されていたが、各自好きな時間に浴びていた。この程度のことならば、マイペンライということらしい。

かつては、刑務所の近くを流れるチャオプラヤ川の濁った水が引き込まれていたため、水浴びが原因で皮膚病に悩まされることもあった。が、途中でキレイな水道の水が流れるように改修を実施。そこからは安心して水浴びできるようになった。

またそれと時期を同じくして浄水器も導入され、ようやく水が飲めるようになった。だが、フィルターの交換をしっかり行っているかは疑問だったため、外国人は1リットル6バーツで売っているミネラルウォーターを飲んでいる者が多かった。

鬼より怖い刑務官

バンクワン刑務所には、重度の薬物中毒者がうようよしていた。薬物を乱用すると、次第に正気を失い、幻覚や幻聴があらわれるようになる。ジャンキーは刑務所の中でもとりわけ危険な存在だった。

しかし、怖いという意味ではもっと上の存在がいた。

一番怖かったのは、やはり刑務官だ。普段は何事も見て見ぬふりを貫く刑務官だが、自分たちのメンツが潰されそうになると、非情な制裁を加えることもあった。

たとえば、私が入所中にバンクワン刑務所で大規模なリンチ事件があった。犯人たちはすぐに捕らえられ、現場から連行されていったが、このとき連れて行かれたのは懲罰房のある10番ビルディングではなく、建て替えのために誰もいなくなっていた1番ビルディングだった。刑務官らはそこで犯人たちに執拗な暴行を加え、犯人グループのうち3名を撲殺したという。

所内での麻薬所持が発覚したタイ人受刑者は、証拠写真の撮影中に麻薬を持って逃亡。どこに隠したのか、再び捕まったときには麻薬はなくなっていた。その囚人は怒った刑務官に失禁するまで暴行を加えられ、懲罰房のある10番ビルディングに送られたが、その後も執拗な暴行は続き、そのまま殺害されてしまったという。

刑務官は恐怖で受刑者を縛っている。その関係を崩しそうな相手は、徹底的に暴力で痛めつけるのである。これらの死亡者は報道などで表に出ることはなかった。

おそらく病死扱いとして処分されたのだろう。

バンクワン刑務所では刑務官による暴行は日常的にあったが、基本的に対象はタイ人受刑者だった。欧米人の場合は大使館の目が光っているため、刑務官に手を出すことでもない限り、まず暴行を受けることはなかった。これは日本人受刑者も同様だった。一方、同じ外国人でもミャンマー人は激しくやられており、何人か殺されたという噂もあった。大使館の領事がほとんど面会にこない国は狙われるようだ。

獄中のタバコ経済

日本のすべての刑務所はタバコ禁止だが、タイは規律が厳しいとされる西部のカオビン刑務所などの一部を除き、刑務所内でタバコが購入でき、喫煙もできる。

ここバンクワン刑務所もそのひとつだが、購入できるのはタイのタバコ「クロンティップ」(65バーツ)、「L&M」のレギュラーとメンソール(66バーツ)、「マルボロ」(90バーツ)の4種類のみ。所内で一番多く吸われていたのは「クロンティップ」で、差し入れやオーダーで入ってくる〝輸出用〟と、売店に週1回まとめて入ってくる〝国内用〟の2種類があった。

違いはパッケージ横の製造年月日の印刷の差で、印刷が白色のものが輸出用、印刷が茶色で封印シールの隅に小文字のスタンプの押されているのが国内用だったが、よほど注意して見ないと違いには気付かなかった。私には味の違いはわからなかったが、好きな者に言わせると〝国内用〟の方がうまいらしく、1箱100バーツと値が張ったがそれしか吸わないという囚人もいた。

タバコはダイニングルームなどの広場だけでなく、入房後の雑居房でも吸うことができた。今思えば、火事の心配などあるのによく許可されていたと思う。

ただし、舎房の中ではどこでも吸っていいというわけではなく、タバコを吸うときはトイレに移動するのが暗黙の了解だった。不思議なもので、外では法律や規則を破り放題の囚人たちも、このタバコはトイレで吸う、ということだけはしっかり守っていた。雑居房にはタバコを吸わない囚人もいる。これも無駄な争いをなくす、という囚人同士の知恵だったのかもしれない。

テレビ視聴事情

日本の刑務所と同様、タイの刑務所でもテレビを視聴することができた。

タイの刑務所の場合、備え付けのテレビでビデオ録画を放映するスタイルが多いが、ここバンクワン刑務所はテレビはすべて個人の所有物として登録されていた。そのため、テレビがない舎房もあり、逆に一部屋にテレビが3台も4台もある舎房もあった。私の舎房は外国人が多かったため、一時は6台もテレビがあった。チャンネルは基本的に自由で、ケーブルテレビまで入っており、映画やスポーツ、音楽番組など何でも観ることができた。

私が入所したばかりの頃は規則が緩く、テレビが欲しい場合は外の価格に少し上乗せすれば手に入った。しかし、所内の規制が厳しくなるとテレビを新たに外部から購入することが難しくなった。一度、裕福な囚人が刑務所にテレビ5台を寄付するので、大型テレビを1台購入させてほしいと申請したが、却下されている。

ラジオやDVDなどの所持は本来違法だが、代金プラスαを払えば、刑務官が運んでくるというのが現状だ。これらの品々は矯正局（コレクションデパートメント）等の外部の手入れで発覚すれば没収だが、バンクワンの刑務官の手入れで見つかっても見逃してもらえる。運び込むのが刑務官ということであれば没収というわけにはいかないのだろう。一度、軍隊を導入しての大がかりな手入れがあり、DVDはほぼ全滅の憂き目に遭ったが、その後すぐにまた持ち込まれ、手入れのとき以上に氾濫していた。

ここバンクワン刑務所は本当に異常なところで、違法な物品もすべて金でなんとかできる。囚人の中には、在職中に受刑者に麻薬を運んで捕まり、服役中の元刑務官もいた。そこからも、いかにバンクワン刑務所が異常だったのかがわかるはずだ。

面会に現れた女弁護士

バンクワン刑務所に入所して数日後、弁護士が面会にやってきた。一審の途中で現れ、5〜6年での短期出所も夢ではないなどと、いい加減なことばかり言っていたあの女弁護士だ。

繰り返しになるが、ヤーバーなどの一級薬物の密輸に営利目的が付けば、求刑死刑になるということは、タイの法律にある程度詳しい者なら常識なはずだった。ようするにこの弁護士は、その常識すら知らなかったということだ。

いったいどの面を下げてやってきたのか。私は激しい怒りを腹に隠して、面会所に向かった。弁護士は面会場でしおらしい顔で待っていた。

あの裁判がずっと引っ掛かっていたらしく、上告をするならば手伝いたいと言う。

本来は有料のところを無料で引き受ける、などとわざわざ言ってくるあたりに恩着せがましさを感じたが、私としてもこのまま終身刑で終わらせるつもりはなかった。

タイの裁判は、日本と同様に三審制をとっており、一審の判決が不服だったら、上級の裁判所で二審、三審と争うことができる。私は女弁護士に上告の手続きを依頼した。

この面会の後、私は不覚にも長期入院をする。急激な環境の変化に身体が耐えきれなかったのか、結核にかかってしまい、12番ビルディングの病棟で40日間の入院を余儀なくされたのだ。

入院中の2003年6月、ついに日本にいる妻から送金があった。金額は10万円。この金があれば、最低1年はバンクワンで生き延びることができる。

妻はようやく私の境遇を理解したらしく、友人と一緒になって私選の弁護士をつけてくれることになった。やり手の実力派弁護士だそうで、私の逮捕時の状況や罪状を見て、これならば大幅な減刑を勝ち取れると太鼓判を押してくれたらしい。妻曰く、その分、弁護料は割高で日本円で100万円以上もかかったという。それが本当かどうかは神のみぞ知るところだが、私としては信じるほかはない。

妻が選んだ私選弁護士は、期待通りの活躍を見せてくれた。一審では争えなかった、覚せい剤の成分量を争点にして減刑を狙う。私はもともと順応性が高いため、バンクワンの異常な環境にも次第に慣れていった。裁判もつつがなく進行しており、すべてが順調に動いていると思っていた。

母の死去、妻の強制退去

だが、ここでつらく、悲しい出来事が起きる。

裁判中の2003年11月、たった1人の肉親だった母が亡くなったのだ。母はしばらく前から闘病中だったが、息子の帰りを待たずに息を引き取ったのである。

訃報に接して、私は実母の死を看取ることができなかった自分の親不孝ぶりを呪った。ヤーバーの密輸という罪を犯し、こうして海外の刑務所にいる自分が心底情けなくなった。

2004年1月、二審の判決を迎えた。金網で仕切られた判事席側に、妻がつけてくれた私選弁護士の他、友人が寄越してくれた弁護士の紹介者など計3名がぞろぞろやってきた。聞けば判事席側に入るために、裁判所にワイロを払ったらしい。

二審の判決公判は上告の囚人を集めた集合裁判で、順番に判決の言い渡しがある。

いよいよ私の番がきた。

下された判決は懲役30年だった。

一審の終身刑に比べれば、大幅な減刑だ。しかし、このとき私は52歳になっていた。懲役30年というと、満期までつとめれば80歳を超えてしまう。仮に生きて出られたとして、その歳になって日本に帰り、いったい何ができるというのか。タイには刑を短くする特赦という制度があることを知っていたが、ここ数年はほとんど行われていないという。減刑されたのは嬉しかったが、私の絶望は晴れることはなかった。

２００４年４月、二審で大幅減刑されたこともあって、私の残刑は30年を割った。そのため、バンクワン刑務所からバンコクのクロンプレム刑務所に移送されることになった。私はさらなる減刑を狙って上告をし、三審で争っていた。

同年４月末、書類の不備が見つかり、クロンプレム刑務所からバンクワン刑務所に戻されることになった。もといた6番ビルディングではなく、おもに残刑30年以下の囚人が収容される4番ビルディングに移された。以降、懲役30年という条件を常に下回っていたが、私はなぜかバンクワン刑務所に収容され続けることになった。

２００４年12月、三審の結果が出た。判決は二審と変わらず、懲役30年。これで私の刑が確定することになった。もっとやれたと思う一方で、終身刑から30年まで下がったのは御の字だったとも思った。

しかし、そこでまた、日本でつらい出来事が起きる。

妻の強制退去だ。

母が死去した後も、妻は栃木県O市に残り、1人で暮らしていた。そこを入管に目をつけられたのである。配偶者である私と一緒に暮らしていないという理由で、配偶者ビザの更新を入管が認めなかったのだ。

2005年11月、妻はビザ審査のために入管に呼び出しを受けた。妻が強制退去されるかどうかには、大げさではなく、私の命がかかっていた。

先程も述べたが、タイの刑務所は日用品はもちろん、衣類から医薬品に至るまですべて自費購入だった。妻が強制退去を受けて私への送金が止まると、持病の喘息の発作時に使用するスプレー薬が買えなくなる。この薬がないと喘息の発作を止めることができず、私は死んでしまうかもしれない。一度、日本大使館に相談したことがあったが、薬の差し入れは拒否されており、妻からの送金だけが頼りだった。

だから、なんとか妻のビザの更新を認めてくれないだろうか。

そう手紙にしたためて、タイ人の妻を持つ友人に託した。友人は妻の通訳を兼ねて、一緒に入管に行ってくれるという。しかし、入管の職員は友人の同席を拒絶。

結局、その手紙は入管に渡ることはなく、弁明の機会は与えてもらえなかった。面接の結果、妻は2006年1月に国外退去するように言い渡された。退去日までわずか2ヶ月程度しか猶予がない。

妻は当時経営していたエスニック食材店の備品（業務用冷蔵庫、冷凍庫など）の処分すらままならないうちに、ほとんど無一文に近い状態でタイに帰国させられた。

妻はタイに送還後、一度、刑務所に面会にきてくれた。だが、それを最後に連絡がまったくとれなくなる。以後、妻からの送金や差し入れは一切止まってしまった。

刑務所で決めた覚悟

私は自分の犯した罪で、家族にとてつもなく大きな迷惑をかけてしまった。とくに妻に与えた影響は少なくなかった。

妻はなかなかの苦労人で、タイで必死に働いて金を貯めると、来日して千葉の花農家に出稼ぎにきた。そこでも必死に働き、独立してタイ料理レストランを経営。残念ながらこの店はうまくいかなかったが、再び店を持つために昼夜を問わず働いていた。妻は日本で仕事を続けたがっていた。私の逮捕がなければ、きっと思い描いていた人生を歩むことができたはずだ。私は妻の人生をも奪ってしまったのだ。もう日本には、私を待ってくれている人はいない。たとえ、生きて帰ることができたとしても、喜んでくれる人は誰もいないだろう。だが、それは仕方がないことだ。こうなることを覚悟して、私は犯罪をしていたのではないか。

これから何年、この刑務所にいるかはわからない。しかし、絶対に日本に生きて帰る。私はそれだけを目標に生きていこうと決めた。

となれば、残刑をいかに減らして、早く帰るかだ。

私は少しでも早期に出所するために、麻薬など懲罰を受けそうなものには一切近寄らないことにした。刑務所の中にはギャンブルも溢れていたが、手出しはしなかった。早期出所を決意すると、不思議なことに日本にいた頃はあれほど夢中になっていたギャンブルにまったく興味がなくなった。

妻からの送金は当てにできなくなったので、刑務所の中で仕事をするようにした。所内の生活費を稼ぐためだけでなく、釈放後の生活を見据えてのことだった。釈放時にまとまった金を残しておけば、帰国してアジア雑貨店を再開できる。そうすれば、妻をタイから呼び寄せることができるかもしれない。

そして、私のバンクワン刑務所での孤独で長い日々が始まったのだ。

【番外編】バンクワン刑務所資料集

刑務所の外周道路。左に柵が見える。

面会場の入り口。面会者はここから入場。

バンクワン刑務所の面会待合所

写真で見るバンクワン刑務所

バンクワン刑務所の正門（このページ、撮影はすべて髙田胤臣）

仲が良かった銀行強盗犯のロシア人受刑者に描いてもらったもの。2番ビルディング内部の様子。右にある2階建ての建物が囚人たちが寝泊まりする獄舎。塀の向こう（左奥）には、12番ビルディングの病舎が見える。

【上】ビル移動してきた新入囚人。所持品はすべて個人用ロッカーに入れる。
【下】新入調べ時の所持品検査。禁制品持ち込みはワイロ次第だった。

【上】２番ビルディングの広場。屋根付き。受刑者たちが出房後にくつろぐ。
【下】セパタクローに興じる受刑者。死刑囚たちが観戦している。

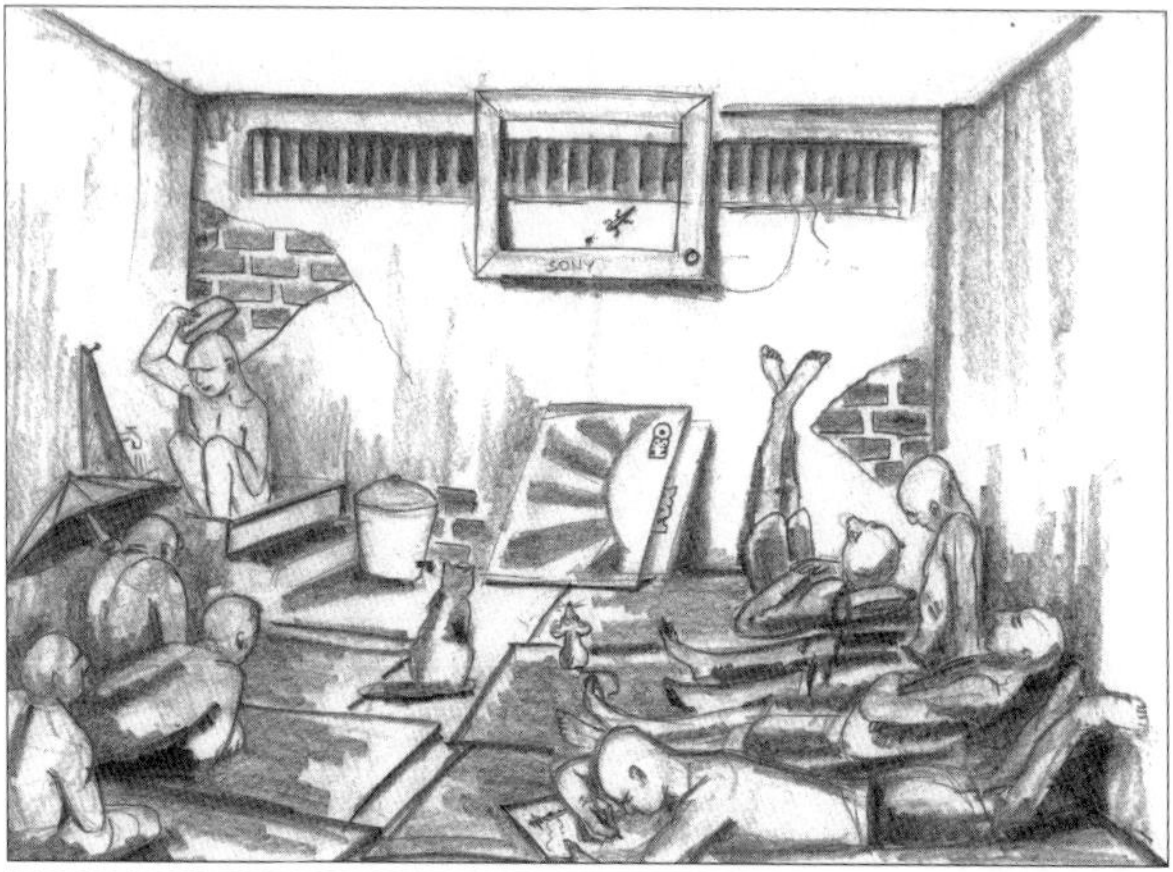

【上】囚人が寝起きする収容棟。雑居房で1室に20～25人が詰め込まれた。
【下】水浴び場の様子。水道水が導入されたことで、衛生環境が一気に改善した。

【上】刑務官と囚人の関係を表したイラスト。囚人が土下座で請願をしている。
【下】２番ビルディングに後から建てられた独居懲罰房。猛烈な暑さだった。

【上】雨季にはスコールによってしばしば冠水。所内の衛生環境は劣悪だった。
【下】受刑者たちの尿検査。目的は麻薬使用の有無を検査することにある。

【第四章】

毎日がサバイバル

刑務所の中の暮らし

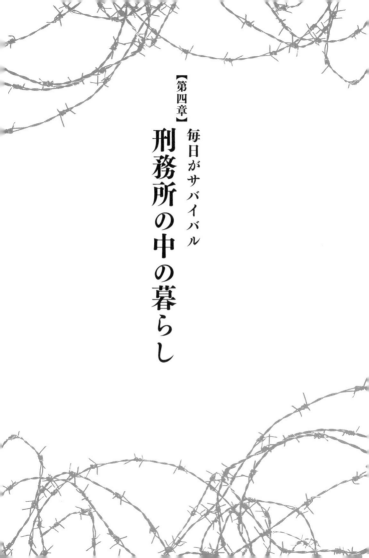

外国人受刑者の多い2番ビルへ

二審での30年の判決の後、私はバンクワン刑務所から30年以下の中期刑囚を収容するクロンプレム刑務所に移送されたが、書類の不備からか、再びバンクワン刑務所に戻され、4番ビルディングに収容された。その後、２００５年4月、4番ビルディングで日本人服役者と金の貸し借りでケンカになり、２番ビルに移ることになった。

2番ビルディングは、私が一番長く収容されることになったビルだ。外国人用の雑居房があるなど国際色豊かな獄舎で、私を含めて日本人受刑者が５人もいた。

当時の2番ビルディングの服役者の内訳を、ビル内の掲示板の記載を元に記そう。

２００９年12月、死刑囚３３３名、終身刑１９０名、懲役40年以上17名、懲役20～40年１６６名、５～20年23名、二審無罪も検事控訴されたケースが８名……という合計７３７名が服役していた。

罪状は麻薬事犯（死刑囚１７１名、他２７９名）が最も多く、ついで強盗殺人（死刑囚１０４名、他１３９名）、その他の殺人（愛人や家族殺しなど、死刑囚13名、他21名）、強姦殺人（死刑囚９名、他２名）、未成年者強姦と続く。

死刑囚以外で麻薬事犯の割合が高いのは、2004年以来に3回続いた特赦で多くの殺人、強姦事件の囚人が釈放されたためだ。

外国人は死刑囚も合わせ、2番ビルディングだけで119名も服役していた。ミャンマーの42名がもっとも多く、台湾16名、香港の10名がベスト3。以下中国9名、ラオス8名、シンガポール7名、マレーシア6名、日本5名、イギリス4名と続き、ナイジェリアなどのアフリカ人も6名服役している。

そのほか、カンボジア、ネパール、バングラデシュ、パキスタン、アフガニスタン、カザフスタン、イスラエル、ロシア、デンマーク人が服役しており、その国籍は20ヶ国以上と、実に多彩だった。刑務所全体では40ヶ国近い囚人がいたのではないだろうか。

アメリカの囚人がいないのは、逮捕されてもすぐに本国に送還されるからだそうだ。欧州勢が少ないのは、タイとヨーロッパ各国の間に受刑者移送条約という囚人を母国で服役させることを目的にした囚人引渡し協定があるためで、有期刑で4年、終身刑で8年、タイで服役すると母国へ送還されていった。イギリス人服役者が条約で帰国しないのは、本国に送還されても早期釈放の可能性がなく、引き続き長期の服役生活を送らねばならないからというのが理由のようだ。

アフリカのナイジェリア人が一時２００人近く服役していたのだが、４年ほど前にこの受刑者移送条約が締結され、一度に百数十人が帰国している。日本とタイとの間にも近々この条約が結ばれるという話も伝わってきており、日本人服役者はこの受刑者移送条約の締結を心待ちにしている状況だ（日タイ受刑者移送条約は、その後、２０１０年に批准、同年に発効した）。

生活費を稼ぐために商売を始める

全員と気があったというわけではなかったが、同じビルディングに日本人受刑者がいたのは心強かった。遠い異国の地での刑務所暮らし、母国語で話せる話し相手がいるだけでもありがたい。

しかし、私には所持金の乏しさという大きな問題があった。

この刑務所は、なんでも自腹購入が基本で、下着を1枚手に入れるにも金がかかった。だが、今後は妻からの送金は一切期待できない。最低でも喘息の吸引薬を購入できるくらいの金は常に確保しておかねばならないし、出所後のことを考えれば少しでも金を残しておきたいところだ。

金のない囚人は刑務作業をしていた。刑務作業には縫製や袋貼り、螺鈿《らでん》細工など様々なものがあったが、外国人受刑者は免除されているため、働くことができない。囚人のなかには刑務作業に頼らず、個人的な商売をしている者もいた。床屋（散髪10バーツ、顔そりはプラス20バーツ）、水汲みの代行（30リットルのタンクを毎日1本汲む。1ヶ月500バーツ）、手作りの惣菜や菓子の販売、ビルディング内の畑で収穫した野菜の販売、刺青の彫師なども いた。私も彼らに倣って、商売をしてみることにした。

やったのは、タバコのバラ売りとドーナツの販売だった。

タバコのバラ売りは、タイの町中でもお馴染みの商売だ。1箱20本入りのタバコを買い、それをバラで販売する。たとえば1箱45バーツで仕入れたタバコを、2本5バーツで販売する。20本売れれば5バーツの儲けだ。これは1日に60本ほど売れた。

ドーナツは、中にあんこが入ったあんドーナツを売った。作り方は、菓子職人をしていたという日本人受刑者のYさんに習った。毎朝6時半に出房し、ロッカールームに設けた調理場で2時間くらいかけ、1日15～20個程度作った。値段は1つ6バーツ、評判は上々でYさんと2人で1日120個を売り上げたこともあった。だが、途中、イースト菌が手に入らなくなったので、日本風の大福の製造に切り替えた。

これは大福についた白い粉がタイ人に不評で、稼げないので途中でやめてしまった。

タバコのバラ売り業から転売業に

タバコのバラ売りを始めた当初、2番ビルディングには私の他に4人のタバコ売りがいた。

そのうちの1人は携帯電話の所持が発覚し、ビルを移動。残る3人のうち2人は相次いだ囚人のビル移動によって、ツケで売っていた代金が回収できずに倒産した。手持ちの現金がなくなり、タバコを仕入れることができなくなったのだ。

残る1人はもともと早朝のみの営業で、午後はギャンブル場に移動してしまったので、事実上、2番ビルのタバコのバラ売りは私の独占状態になった。

1人になったことで、売り上げはかなり上がった。当初、タバコは刑務所の売店から仕入れていたが、次第に囚人たちが差し入れでもらったタバコを売りにくるようになった。タバコの値上げがあったときは一時苦戦したが商売は順調で、多いときには1日200バーツ、平均して月に3000バーツの利益を上げることができた。刑務所の中では、タバコは換金性が高いために重宝された。とくにビルを移動になるとき､囚人たちはまとまった数のタバコを買っていった。現金はゲートチェックで見つかると没収されるおそれがあるので、タバコに替えて持っていくのだ。

私が商売をしていたのは、獄舎の脇にあったベンチで、金網で隔てたすぐ隣りには死刑囚専用の広場があった。死刑囚は私の得意客だったので、タバコ以外のモノでも持ち込まれたら買い取ったりしていた。

その評判が一般の囚人にも広がったのか、次第に私のもとには様々な物品が持ち込まれるようになった。私は売れそうなモノは買い取り、判断できないものは10％の手数料をとって委託販売した。変わったところではタイの梅干し（日本の梅干しとは違って、干した乾燥梅）の持ち込みなどもあった。これは大袋で買い取り、一袋10個に小分けにして売った。一袋100個入りの飴も小分けにしたらよく売れた。

当時、私は『DACO』というタイで発行されている日本語フリーペーパーに獄中記を連載していた。それを読んだ読者が時折､日本の食材や古着、100円ショップの商品などを差し入れしてくれることがあった。

100円ショップの商品は飛ぶように売れた。たとえばテレビ用の長いイヤホンは200バーツ、MP-3などを聴くためのステレオイヤホンは150バーツ、老眼鏡150バーツ、アカすり用のタオル80バーツなど高値ですぐに売れた。

安く仕入れたモノに利益を乗せて販売する。日本で逮捕される前にやっていた、タイ雑貨店の経験が生きた格好だ。こうして、私はなんとか自分の食い扶持を稼ぐ方法を手に入れたのだ。

塀の中のインフレーション

刑務所の中では、ちょっとした出来事で激しいインフレが発生した。

たとえば2012年5月に、タイ全土の刑務所で手入れが行われたことがあった。その結果、各地の刑務所で麻薬や携帯電話の所持が発覚。バンクワンは舎房内のチェックしか行われなかったが、一時的にライターが入りにくくなった。

ライターは刑務官がお小遣いとして囚人にあげることがあった。なかには刑務官が小遣い欲しさに売らせていることもあり、バンクワン刑務所ではそれなりに流通していた。私はそれを50バーツで買い取り、80バーツ程度で売っていた。が、ライターは覚せい剤やヘロインを炙っての吸引に使われるほか、ガスそのものを吸引(日本ではガスパンなどと呼ばれる)したり、ヘロイン溶液とガスを入れ替えて持ち込むなどといった事案が発生。刑務所側が警戒して、所持を厳しく取り締まるようになった。それにより、ライターの価格が一気に高騰。刑務所の外では1個12バーツ程度のものに、中では300バーツという高値がつけられることになった。

このタイミングを逃すまいと思ったのか、私のもとにはライターを売りに囚人が何人もやってきた。ライターは200バーツで買い取り、250〜300バーツで売りさばいた。私にとっても、実に貴重な副収入になった。

このライターの持ち込み制限は、面会の差し入れにも飛び火した。それまで面会では、スーパーや市場で買ってきた果物やパック入りのおかず、透明なビニール袋に移し替えれば市販の菓子など、たいていのものは差し入れすることができた。しかし、この騒動でそれらが全面的に禁止になってしまったのだ。

所内ではびこっている麻薬の流入を防ぐというのが理由のようだが、刑務所が運営する差し入れ屋の菓子や果物、おかず類の差し入れまで禁止するという不思議な状態で、その間、囚人たちは所内の売店で高い果物（ライチ1キロ100バーツ、リンゴ1個25バーツ）や、高い菓子を買わされることになった。

規制後も差し入れ屋からはコーラなどの清涼飲料水、インスタント麺、インスタントコーヒー類に日用品、タバコなどを差し入れることができたが、タバコは一度に10カートンまで差し入れできたのが2カートンにまで制限されてしまった。売店ではタバコが品薄となり、一時は差し入れで1カートン580バーツで買えるタバコが一箱90バーツにまで値上がりし、私もタバコの仕入れに苦労するようになった。

この差し入れ制限はやがて撤回されたが、似たようなルールの変更は事前の連絡なしに頻繁にあった。その度に商品が枯渇し、物価が大きく変わったので、商売をする側としては決してラクではなかった。

売店の経営権は数十万バーツ

バンクワン刑務所には、囚人が経営する売店があったことを何度か書いた。

売店はしっかりとした店舗を持っており、店内には商品の陳列棚まであった。この売店は各ビルディングに1軒ずつある。2番ビルディングのオーナーは中華系タイ人の中年男性で、比較的規模が大きく、従業員（すべて囚人）を3名も使っていた。

売店の経営権は金銭で売り買いされており、相場は50万バーツとも聞いた。経営者が出所する際などに譲渡されるらしい。他のビルには刑務官が密かにオーナーを務める売店もあるという。

売店は独占業務であるので、商売をしていると妨害を受けることがあった。

たとえば、ケーキを売っていたある囚人の場合、突然ビルディングの看守長に呼び出され、商売を続けるならばケーキ1個につき売店に1バーツ払うように、と命令された。私も売店のオーナーから直々にタバコの1箱売りをやめるように警告されたことがある。売店と同じものを売ってはいけない、ということなのだろう。

このオーナーとは、タバコが入ってきづらいときに互いに融通し合うなど、悪くない関係を築いていた。私は警告後も変わらずタバコの1箱売りを続けていたが、とくに大きな問題にはならなかった。オーナーとしては、他の者の目もあるので一応注意したということだったのかもしれない。

そのように得体の知れない力を持つ売店だったが、私の服役中は何度か潰そうとする動きがあった。

2012年6月には、明らかに売店を狙った規則が発令される。突然、所内での現金使用が制限され、買い物は領置金を使ったオーダーしか認められなくなったのだ。その結果、売店は営業中止に追い込まれたが、数日後には何事もなかったように復活した。噂によると刑務所側との上納金の交渉がうまくまとまった結果らしい。

売店には銀行のような役割もあった。金を預けると刑務所の領置金に移してくれるのだ。これは無料のサービスだったため、私も商売の売上をよく預けていた。

一度、売店が手入れに遭い、多額の現金が押収されたことがあった。その額は驚きの60万バーツ（日本円で約180万円）。商売で儲けた金にしてはあまりに多いため、不明金として没収されたが、どうやら所内で行われていた大規模なギャンブルの預り金だったようだ。売店のオーナーは返還を求めて訴訟を起こしたが、結局、その金が戻ってくることはなかった。

刑務所の余暇の過ごし方

タイの刑務所は、日本の刑務所のようにみっちり刑務作業をするわけではない。そのため、囚人は毎日ヒマを持て余しており、各人が思い思いに過ごしていた。

余暇の過ごし方で人気があったのは、スポーツだ。フットサル（ミニサッカー）やアジアの球技セパタクロー、卓球、バレーボールなどの球技や、ウエイトリフティング、ムエタイ、ボクシングなども広く行われていた。

とくに人気だったのは賭けの対象になるフットサルで、2番ビルディングだけでも数チームが存在し、それぞれのユニフォームまで作って試合を楽しんでいた。14番ビルディングには正式な広さのサッカーグラウンドがあり、1年に1度、各ビルディングの代表チームによる対抗戦も行われていた。これは刑務所の中でも大きなイベントで、テレビカメラを入れて、所内に試合の様子を中継していた。

セパタクローもビルディング同士の対抗戦がよく行われていた。ボクシング、ムエタイの場合は、ビル対抗戦だけでなく、刑務所間の交流試合もあり、刑務所によっては一般の試合に囚人を出場させるところもあるそうだ。

スポーツ以外では、バックギャモンやチェス、チェッカーなどのボードゲームも人気。バンクワンでは楽器の所有も黙認されていたため、ギターを演奏する者もいた。6番ビルディングにはエレキバンドを組んでいる囚人がおり、正月にはおかまダンサーを引き連れて、各ビルに巡業していた。

その他、趣味と実益をかねて似顔絵を描く者、TVやDVD、ラジオ、ウォークマンなどを楽しむ者も多かった。TVやDVDは、ハード・ソフトともレンタルして稼いでいる囚人もいた。ちなみにTVのレンタル料金は1日30バーツだった。

所内にあるTVは基本的にすべて登録されており、ケーブルTVも視聴できた。DVDやラジオ、ウォークマンなどは建前上禁止とされていたが、黙認状態だった。

私の場合、商売をしていないときは、本を読んでいるか、MP‐3で音楽を聴いていることが多かった。MP‐3というのは、録音機能の付いた小型のFMラジオのこと。もともと持っていた中古のFMラジオを1500バーツで売り払い、外では1000バーツもしないものを3000バーツで購入した。

買ってしばらくの間は、夜中の2時頃に起きて、ひたすらラジオで流れるモーラムやルクトゥーンを録音していた。FMチェックなど中学生のとき以来で、まさかタイの刑務所でするとは思ってもみなかった。

ある晩、いつものようにFMを聴いていると、タイ語版の『ここに幸あり』が流れてきた。日本では同名映画の主題歌として、大津美子が歌って大ヒットした曲だ。私の好きな夏川りみさんの『涙そうそう』も流れ、郷愁を誘う懐かしい歌に思わず涙がこぼれ落ちた。

面会は刑務所の楽しみ

服役してから7年が経った2010年、日本のテレビ局の取材を受けた。日曜日の午後に放送されているノンフィクション番組が、タイ在住の色々な日本人にインタビューをして番組にするらしく、タイの刑務所にいる受刑者にも話を聞きたいのでやってきたという。刑務所から許可が下りたらぜひ出演してほしいとのことだったが、彼らは二度とやってこなかった。許可は下りなかったらしい。

塀の中で隔絶された私たち受刑者にとって、面会は外の世界との接点を持つ数少ない機会。裁判中はそれなりにあった家族や友人、知人の面会も、刑が確定すると手紙や小包、送金は届いても面会にはこなくなる。それが私を含めた日本人受刑者の現状だった。だから、面会はどのようなものであれ、たいへん貴重な時間だった。

日本の刑務所と違い、規則の緩いタイの刑務所では、面会票に友人と記入すれば面会することができた。そのため、私のもとには旅行者がよく面会にきてくれた。タイのカオサン通りの安宿や、ネパール・インドの日本人宿の情報ノートに私たちのことが載っているようで、話のネタに、また、怖いもの見たさに刑務所見学をかねて訪れているらしい。

彼らの大部分は学校の休みを利用した学生バックパッカーだったが、なかにはうさんくさい面会者もいた。たとえば国会議員の元秘書を名乗る日本人女性がそうだった。彼女は面会に現れ、日本人受刑者の早期帰国を支援しているなどとまくし立てると、聞いてもいないのに有名代議士とのコネクションを自慢してきた。四人から金を引っ張るつもりなのかと思い、二度目の面会時にここには詐欺師のような人物もよく面会にくると言ったら、それ以来、顔を見せなくなった。

バンクワンの食事情

ここバンクワン刑務所では、食事が毎日支給されている。

メニューは1ヶ月単位で日ごとに違ったものが出て、毎月その繰り返しだ。

支給は1日2回。朝7時におかずとご飯やおかゆ、11時頃より昼夕兼用の食事が順次支給される。11時にはだいたいラートナー（タイの汁かけ麺）やポークの雑炊、鯵の唐揚げ、緑豆の汁粉等のスイーツ、12時から午後1時にかけてご飯におかずという意味のわからない分配方法で、夕食の支給はない。配られたおかずは昼食と一緒に食べても良いし、タッパーなどにつめて舎房に持ち帰って食べることもできた。

どういうものを食べていたのか。参考までに2010年8月頃のメニューの一部を載せてみよう。

1日…朝：チキンと野菜のスープ、鯵フライ　昼：にんにく酢漬け、玉子と野菜炒め、豚肉と野菜のスープ、ナムプリック（チリソース）

2日…朝：魚と野菜のスープ　昼：ラートナー（汁かけ麺）、チキンカレー

3日…朝：チキンと野菜のスープ　昼：野菜のミソ炒め、デザート、魚と野菜のスープ、ナムプリック
6日…朝：魚と野菜のスープ　昼：鰺の唐揚げ、豆腐料理、果物、チキンと野菜のスープ、ナムプリック
11日…朝：チキンと野菜のスープ　昼：鰺の唐揚げ、豚肉入りのお粥、魚のスープ、野菜のミソ炒め
19日…朝：チキンと南瓜のスープ　昼：炒り玉子と野菜の炒め物、チキンと野菜のスープ、ナムプリック
27日…朝：チキンと野菜のスープ　昼：トーフ料理、トムヤムポーク、もやし炒め

朝食はチキンと魚が主で、ときどき白菜の漬物が出た。12～13時に支給のおかずはチキンとポーク、魚のローテーションで、まれに牛肉が出ることもあった。甘い物は月6回、もち米にコーンやタロイモの入った甘いお粥、タピオカのデザート、緑豆のお汁粉が定番で、タロイモやサツマイモの甘いスープは特に人気があったため長蛇の列ができ、もらえるのはわずかな量だった。

私は人気のない緑豆のお汁粉の余りをもらい、煮詰めてアンコを作って、まんじゅうにして売ったこともあった。果物は月4回、モンキーバナナが基本で、みかんの他、6月から7月にかけてはランプータンが出ることもあった。

2010年に入って、麺類のパッタイ（タイの焼きうどん）、ラートナーも出るようになり、食事は以前に比べかなり良くなっている。炒りピーナッツが月2回、週2〜3回、空心菜（パックブン）を主に生野菜の支給もあり、大根・キャベツ・丸ナス・青パパイヤが混じって支給される。

2010年8月末には、服役7年半にして初めて刑務所からマンゴスティンの支給があった。それも2週続けて、1人2キロという大盤振る舞い。外では大豊作で余っていたのだろうか。

日本人受刑者の食生活

刑務所支給の食事があったものの、私たち日本人受刑者は自炊が多かった。

この頃、私は同じビルディングにいた日本人受刑者Hさんの分まで毎日作っていたので、なかなかの忙しさだった。

メニューはスパゲッティ、マカロニ、焼きそば、ラーメンなど麺類中心。これにカオパット（タイ風炒飯）、ドライカレー、オムライス、あとは神戸生まれということもあって、お好み焼きがラインナップに加わる。時間がないときは、サンドイッチ（ハンバーグ、玉子、ツナ）もよく食べた。基本的に白米を食べるのはカレーのときぐらいで、焼肉などのときはカオニャオ（もち米）を炊いていた。

日本人受刑者のYさんはタイ米にもち米を少し混ぜ、日本米に近いご飯を炊いて、ときどき巻き寿司を振る舞ってくれた。刑務所のご飯は日によって出来具合がバラバラで、柔らかいときは最悪だった（私たちは団子飯などと呼んでいた）が、できがよいときはご飯を油で炒めて炒飯系の料理を作った。

刑務所の売店では、もち米1キロ45バーツ、タイ米5キロ２００バーツで売られている。日本の感覚からすればかなり安いが、それでも外の価格に比べればかなり割高だっただろう。

しかし、そんな私たちの食事も刑務所の規則の変更で危機を迎える。

２０１２年9月、刑務所の規則変更により、小包による郵送の差し入れが全面的に禁止。面会時のスーパーなどで買った物品の差し入れも禁止された。これにより、カレールーや味噌、本だし、お好みソースなど、日本食を支える調味料がまったく手に入らなくなった。残された調味料を切り詰めて使っていたが、唯一残っていた干しワカメも使い切ったため、自炊の頻度が減少。週に3度程度しか厨房に立たないようになった。作れたのも、コーヒーメイト（クリーム）かココナッツミルクを代用したシチューやスパゲッティぐらい。香辛料の利きすぎたタイの料理は喘息の身にはつらかったため、囚人が作るカオマンガイ（鶏肉のせご飯、40バーツ）やカオパット、ムーサティ（豚肉の串焼き）、トートマンプラー（さつま揚げ）などを、差し入れが復活するまで食べていた。

塀の中の熱気対策

暑期に入って以来続いていた例年にない猛暑も、4月上旬のソンクラン（タイの旧新年）あたりからスコールがくるようになり、だいぶ過ごしやすくなった。暑さがようやく和らいできたとほっとしていたら、ソンクランが終わった途端、また蒸し暑さが戻り、うんざりしてしまった。

タイの刑務所では、ビルディング内の服装は自由で、囚人服を着用するのは面会などで収容棟の外に出るときだけだ。私の服装は寝る時以外、デカパン1枚に首タオルだった。スコールで少し涼しいときはTシャツを着るというスタイルだ。腰には商売用の釣り銭を入れたウエストバッグを巻きつけている。

刑務官は制服のズボンにTシャツ姿で、収容所から出る時は上着を着るという感じだった。土日などに応援にきたときは、着替えるのが面倒だったのか、プリントTシャツにビーチサンダルでぺったんぺったん歩いているような刑務官もいた。

商売をしていない時間は、ロッカールームでインスタントコーヒーを1杯分ずつ袋詰にしたり、バラ売りのタバコ（2本用と5本用）をつめる袋を作ったりしていた。ロッカールームは風通しが悪く、天井はスレート（薄い粘土板）を乗せただけだった。熱気が直に頭に降り掛かってくるような状態だったので、あまりに暑いときは氷水でタオルを絞って頭に載せていた。

バンクワン刑務所では注文をすれば、1つ2キロほどある氷の塊が6バーツで買えた。私は親しいロシア人の受刑者と大型のアイスボックスを共有し、氷を1つずつ購入しては、ジュースや腐りやすい食品を冷やして保管するのに使っていた。アイスボックスは貴重品で、以前は新品を購入することができたが、オーダーからなくなってしまい、みなボロボロのアイスボックスを使っていた。

少し前までは売店でアイスクリームも売っていたのだが、しばらくして見かけなくなった。これまで売店の商品はダンボール箱のままで納品されていたのが、すべてダンボールから出されて、ビニール袋で梱包して納品されるという状態になっている。おそらくダンボール箱の中から麻薬でも見つかったのだろう。

刑務所で財布を盗まれる

バンクワン刑務所は長期受刑者と死刑囚の専用刑務所であるため、殺伐とした場所を想像する人もいるかもしれない。たしかにケンカや小競り合いは毎日のようにあったし、ときにはグループ同士の大乱闘が発生することもあった。

しかし、意外にも囚人は親切な者が多く、囚人たちの関係は良好だった。

タイは仏教国で、人々の中にも助け合いの精神が広く行き渡っている。

それはここ刑務所の中も同じで、囚人たちは困っている者がいると、たとえそれが友人でなくても救いの手を差し伸べた。イジメや差別といった刑務所ではお馴染みの行為はほとんどなく、必要以上に干渉しないので、ある意味、とても過ごしやすい。もちろん、ジャンキー囚人のように近寄ることすら危険な存在もいたが、それがバンクワン刑務所の雰囲気だった。

実際、私も何度となく周囲の囚人たちに助けられたものだ。

2011年3月末頃、朝に出房してロッカールームに向うと、ロッカーにしまっていたはずの財布が見当たらない。前日、入房前にロッカーに財布を入れて水浴びをした。そのとき、10分間ほど鍵をかけずに放置したのだが、その間に盗まれてしまったようだ。財布はひと目見ただけではわからないところに隠していたが、犯人は私に目をつけており、盗み取るタイミングをうかがっていたのだろう。

財布には現金1万1000バーツと、買い物用金券カード1500バーツ（一時期、売店発行の金券があった）が入っていた。この金は1年間商売で貯めたタンス貯金だった。それがパーになってしまったのだ。私もさすがにショックを受けた。

幸いにも前日に買っていたタバコ5カートンと、釣り銭500バーツは無事だったので、タバコのバラ売りを続けることはできた。失った分を取り戻そうとさっそくいつもの場所でタバコを売り始めると、どこで聞きつけたのか、私が金を盗まれたことを知って、何人もの囚人がツケを払いにきてくれた。いつもタバコを仕入れている死刑囚は、お金は後でいいからとタバコなどを持ってきてくれた。長期刑囚や死刑囚は罪状や刑だけを見れば極悪人だが、心の中にはこうした優しさがある。そのことを知れたのはいい経験になった。

バンクワン刑務所の麻薬事情

ジャンキー（麻薬常習者）2名が、刑務官の前で狂言のケンカをするという事件があった。

この2名は借金で首が回らなくなっており、借金取りの追及から逃れるために、懲罰によるビル移動を狙ったらしい。目論見は半分成功し、取調を受けることになった。が、逃げられては困ると思った債権者がチクリを入れたのか、土壇場になって魂胆がバレて移動は取り止めに。ケンカを売った方の囚人は足かせをつけられ、刑務官に2、3発蹴りを入れられるなど、踏んだり蹴ったりの状態。金を貸している囚人にも殴られ、1人離れてしょんぼりと生活している。

一方のケンカを売られた（ふりをした）囚人は、シンガポール人で、故郷の家族からまとまった送金があったらしく、何食わぬ顔をして暮らしている。刑務所内の貧富の差を見た気がした。

麻薬やギャンブルにどっぷりハマってしまい、巨額の借金を背負ってしまう。そうした者は、ここバンクワンでは珍しくない。

これまでも何度も書いているが、この刑務所ではとにかく麻薬が簡単に手に入った。刑務所側も一応は警戒しており、麻薬取締局や矯正局などの手入れもあったが、麻薬は一向になくならない。麻薬は差し入れ品の魚のフライやフルーツに隠す、小包で送られてきたタバコの中に隠すなどありとあらゆる方法で持ち込まれた。

麻薬の密売には、ナイジェリア人が関わっていることが多かった。ナイジェリア人はここバンクワンではアジア出身者についで多く、2番ビルディングの囚人なら彼らが麻薬の密売をしていることは誰でも知っていたが、不思議と捕まらなかった。多額のワイロを刑務官に払っていたのだろう。

刑務官は麻薬に目をつぶるだけでなく、その運搬にも手を貸している気配があった。一説では、50グラムの麻薬を刑務所に持ち込む報酬は、30万バーツとも50万バーツとも言われていた。刑務官の年収以上も稼げるとなれば、麻薬の流入が止むことはないだろう。

刑務所内での麻薬の相場は、1回分（0・02グラム）が500バーツ（ヘロイン、覚せい剤とも）。流通量が減ったときには倍の1000バーツになったこともあった。0・02グラムで1000バーツというと、グラム換算で5万バーツ。日本円で1グラム15万円近くもすることになる。これは日本の相場の倍以上の金額だ。

知り合いのマレーシア人の囚人がトイレに行ったところ、すべて使用中だった。おかしなこともあるものだと思い、中を覗くと全員トイレで麻薬を吸引中だったらしい。そのとき、たまたまそこを刑務官が通りかかったそうだが、注意をするどころか、もっと目立たないようにやれ、などとアドバイスをする始末だったそうだ。バンクワンでは麻薬は巨大な利権になっていた。そう簡単になくすことはできなかったのである。

刑務所の密造酒あれこれ

タバコに麻薬と、なんでも手に入ったバンクワン刑務所。

では、酒はどうだったのかというと、これもやはり飲むことができた。

10年ほど前までは、刑務官に金を渡せば酒を買ってきてくれた。特に病舎は一般収容棟より規律がいい加減だった。結核で病舎に入院していたとき、散歩をしていたら刑務官に声をかけられ、酒が欲しくないかと言われたことがある。ジョニ赤で3500バーツ（1万円）、ビールは200バーツ（600円）と言われた。病舎から一般収容棟に戻ってからも、刑務官が囚人と一緒にチキンなどのツマミを広げて、ジョニ黒で酒盛りをしているのを見たこともある。

だが、それも昔の話で最近ではもう酒は入らなくなっている。では、まったくないのかというとそんなことはなく、その後、酒は密造酒が主流になっている。

造り方はとても簡単で、日本でもよく焼酎などを入れて売っている大ぶりのペットボトルに、水とパン、ブドウやリンゴを入れ、栓をして数日置いておくだけ。これだけで酒ができてしまう。

私は刑務所ではアルコール断ちをしていたので飲んだことはなかったが、愛飲していた日本人受刑者に言わせると、甘酸っぱい果実酒のような味らしい。アルコール度数は決して高くなかったと思うが、タイ人などはこれを飲んで酔っ払い、暴れて逮捕されることがよくあった。この密造酒は裏で取引されており、500ミリリットルのペットボトル1本が500バーツの高値で売られていた。

刑務所側も手をこまねいていたわけではなく、密造酒を作らせないために、食パンの販売を禁止したり、発酵しやすいブドウを差し入れ禁止にしたりした。

これに対し、食パンを朝食にしていた囚人たちが激怒し、撤回を求めて署名を集めて提出した。その結果、食パンの販売は限定的に解除され、毎週土曜日、タイ人は10枚切り1本、外国人は20枚切り1本の黒っぽいライ麦パンを購入できるようになった。ただし買えたのは撤回を求めて署名を提出した囚人だけで、受け取りのときにまた署名をするという念の入れようだった。

だが、この食パン販売の制限は、あまり意味がなかった。というのも、売店では普通に菓子パンが売られていたからだ。

ただ、密造酒にはやはり食パンの方が向いていたらしく、食パンを買えた（私は当時、朝はパン食だったため、撤回を求めて署名をしていた）私のところには37バーツの食パンを150バーツで購入したいという話もあった。

最近では、密造酒作りも手が込んできており、ホットプレートを使って蒸留酒を造っていた外国人受刑者が捕まったこともあった。酒の密造で捕まれば、以前は始末書か懲罰の10番ビルディング送りだったが、今後は刑務所移動も含めて、より厳しい処罰で臨むらしい。

刑務所内のソンクラーン

タイでもっとも大きなイベントと言えば、ソンクラーン（タイ旧正月）の名前が上がるだろう。

旧暦の正月を祝うもので、毎年4月の上旬、タイ全土はソンクラン休暇に入る。街では水掛け祭りが行われるなど、賑やかなイベントだ。

刑務所ではお祭りめいた催しものがあるわけではなかったが、ソンクラン期間中は刑務作業は休みになり、所内にはのんびりとした空気が流れる。

２０１３年、バンクワン刑務所は外よりも1日早く、4月12日からソンクラン休暇に入った。

前日の11日は久しぶりの雨、それも土砂降りで、刑務所内は水浸しになった。水攻めにあったのか、15センチほどもある巨大なムカデがでてきて驚いた。下水に巣食っていたゴキブリたちもみな雨で流されてしまったらしい。

入房の時間になったので、水をかきわけて舎房に入室する。大雨が降ったので、久々に涼しく、過ごしやすい夜だった。外ではソンクラン期間中、飲酒運転による交通事故が多発するのはいつものことだが、囚人たちもやはり飲みたいと見え、密造酒を飲んで管を巻いている者もいた。

このソンクランの数日前に大規模な密造酒の摘発があったが、みなどこ吹く風といったところだ。1年に数日くらい飲酒はお目こぼししよう、というわけではないだろうが、連休中は刑務官たちもあまり事務所から出てこない。

しかし、安心したのもつかの間、連休終わりの16日は一転、密造酒の摘発が相次いだ。スイス人を含む3名が捕まり、全員2回以上の密造酒摘発ということで、始末書だけでは済まず、2番ビルディング内の懲罰房送りになった。このスイス人、毎日私の売っているコーヒーとオーバティン（ココアに似た麦芽飲料。コーヒーに加えて、オーバティンも1回分ずつ袋詰めにして売っていた）を5個も買ってくれたお得意さんだった。

刑務所内でもソンクランは外と同様に行われており、13日は2番ビルディングの礼拝所に安置されている仏像を広場に持ち出し、仏像に水を掛ける行事も行われ、囚人同士も水を掛け合った。

日本の刑務所の新年はお節料理の特別食が出るが、タイの刑務所は1月1日の新年、2月の中国正月、今回のソンクラン、まったく普段と同じ食事で、プラスアルファもなかった。

そのほか、刑務所のイベントと言えば、クリスマスのカラオケ大会があった。これは6番ビルディングの囚人バンドが、こちらも囚人のレディーボーイのダンサー集団を引き連れて生演奏でカラオケ大会をするというもの。毎年必ず開かれるわけではなかったが、たいへん盛り上がるので楽しみにしている囚人は多かった。

ある年の12月25日、このカラオケ大会が私のいる2番ビルディングで数年ぶりに開催されることになった。

普段は閉じられている死刑囚房もこの日は開放され、会場には一般房の囚人と合わせて150人近い聴衆が詰めかけた。しかし、どういうわけか、この日はおかまダンサーズがきていない。囚人たちの顔には明らかに落胆の顔が浮かぶ。時間が経つごとに聴衆は1人立ち、2人立ち、1時間を過ぎたころには60人ほどにまで減ってしまい、会場の集会場はがら空き状態になった。

私はこの日集会場の前で商売をしていたので、最後まで聴いていたのだが、エライ下手なのが歌っているなと思ったのが囚人バンドのボーカルだ。CDを出したことのある元アイドル歌手と聞いていたので、あまりの下手さ加減に驚いてしまった。飛び入りで歌った刑務官の方がよほどうまかった。会場の寂しさと比例し、私の商売の方もボチボチといったところで、なんともお寒いイベントになってしまった。

刑務所のギャンブル事情

タイ人は博打好きな人が多い。街ではロッタリーという宝くじやナンバーズがいたるところで売られているし、友人や親せきが集まれば、トランプを使ったカード賭博がすぐに開帳される。

刑務所の中も同じで、バンクワンでは公然と様々なギャンブルが行われていた。

私が入所中に見かけたのは、サッカー賭博（おもにヨーロッパのサッカーを対象に賭けを行う）、ムエタイ賭博（タイ式キックボクシングに賭ける）、バックギャモンなどのサイコロ賭博、麻雀、トランプ、宝くじのナンバー当てなど。

かつては麻雀卓やビリヤード台まであり、出房後は獄舎が開放され、朝から賭博場と化した時期もあったそうだ。だがそれはさすがにまずいということで、一度、厳しい取り締まりがあり、サイコロ賭博やトランプはすべて禁止に追い込まれたが、ほどなくして復活。ハイロー（日本のチンチロリンのようなサイコロ賭博）やパイガオ（中華圏で行われているゲーム。特殊な牌を使う）などが開帳されており、毎日20人ほどが群がり、賭けに興じているが、1人、寺銭を集めて刑務官に上納する刑務官の手下みたいな囚人も混ざっている。

賭け金は最低100バーツから。上限はないらしく、一度に2〜3万バーツ負けたなどという話も聞いたことがある。トランプは1回50バーツでレンタルされており、こちらも日本のオイチョカブによく似たルールの賭博が行われていた。

バックギャモンも外国人を中心に、相変わらず各所で行なわれている。宝くじのナンバーズもある。これは公営の宝くじの当たり番号の下2ケタ、3ケタの数字を当てるというもの。当たれば倍率も高く、10バーツから買えるということで金のない囚人にも人気だった。こちらはタイの正規の宝くじの開催日に行われていた。サッカー賭博や宝くじのナンバーズの胴元は囚人がやっていたが、過去には大穴を当てられ、配当金が支払えず、客に追い詰められて自殺した者もいたらしい。

また、一時期は魚を戦わせる「闘魚」が流行したこともあった。刑務所内では闘魚で使う熱帯魚が盛んに飼育されていたがすぐに見かけなくなった。いつのまにかすたれてしまったようだ。

40年ぶりの日曜礼拝

刑務所というのは、外で犯した罪を悔い改める場所である。そのため、タイの刑務所でも神仏に帰依して自分を見つめ直す、宗教活動の機会があった。タイということもあり、主流は仏教だったが、キリスト教（カトリック、プロテスタント）、イスラム教もあった。

仏教は毎日、朝礼時に読経の時間があり、その後、希望者はビルディングの外にある集会所で行われる座禅・瞑想に参加することができた。

私は実はクリスチャンで、中学生の頃まで地元神戸のプロテスタント系の教会によく顔を出していた。バンクワンでもプロテスタント系の教会が主催する礼拝があることを知った。

この教会にメンバー登録をすると喘息等の医薬品を支給してくれるというので、当時、金に困っていた私は40年ぶりに礼拝に参加してみることにした。この教会はフィリピン系で、ときどきフィリピン人の若い女性信者の面会（女性と話せる唯一の機会）があり、面会の後には手紙（英文）や日用品のなどの差し入れもあった。面会は片言のタイ語や英語で行われたが、ときには日本語を話す信者の方が面会にきてくれることもあった。

2番ビルディングの日本人受刑者3名は、以前、カトリック教会のメンバーになっていた。しかし、そのうちの1人がエホバの会の宣教師と面会しているのがカトリックの神父にばれ、3人全員がカトリック教会の名簿から除名されてしまった。なんでも、そのカトリックの神父はたいへんなエホバ嫌いだったそうだ。毎年クリスマスには、この教会からプロテスタントの信者にも差し入れがあるが、私たち日本人受刑者だけは対象外になっている。よほど嫌われているようだ。

私が参加していた日曜礼拝には、月に1回、日用品の支給日があった。通常、礼拝に参加するのは25人程度だったが、その支給日だけはにわか信者が集まり、40人程度に増える。

グループにはリーダーの囚人がおり、その他、世話役などの役職者が合わせて5人ほどいた。なかにはリーダーになって主導権を握ろうなどと野心を持つ者もいて、一悶着あったりするのがなかなか生臭くて面白い。

だが、私はしばらくして礼拝に出なくなった。礼拝では役職者が説教をするのだが、その多くが現役のジャンキーで、クスリを止める努力をしていない人物ばかりだったことに呆れてしまったからだ。麻薬を止めていない者が説教をするのはいかがなものかとリーダーに抗議したら、嫌ならこなくていいと言われてしまったのだ。

ビルディングによっては、麻薬の密売人が教会のリーダーを務めていることもあったし、教会が病気の治療のために送金してくれた援助金すべてを、自分の飲み食いに使っているような者もいた。善意で寄付されたお金を差し入れるからには、差し入れた側も使途をきちんと見届けることも必要ではないか。キリスト教に限らず、ここでの宗教のあり方を見ていると考えさせられることでいっぱいだ。

10万バーツの携帯電話

ある日の朝、獄舎から出房してくると、1階の死刑囚房がなにやら騒がしい。数人の刑務官が詰めかけており、ざわざわしている。死人でも出たのかと思い観察していたが、どうやら手入れをしているようだった。あとで聞いたところでは、密造酒と米の容器の中に隠していた現金23万バーツ、さらに携帯電話が8台も見つかったという。

一度に8台の携帯電話が見つかったというのは、それまで聞いたことがない。かつてない大捕り物に興奮しての、あの騒ぎだったのだろう。

この事件の1週間後、刑務所の保安係が一般のロッカールームに駆けつける騒ぎがあった。囚人たちが遠巻きに見つめる中、刑務官らはロッカーの中から携帯電話7台と、20リットルほどの密造酒を発見。わずか1週間の間にひとつのビルディングから携帯電話が15台も押収されたことになる。

携帯電話は刑務所の中ではかなりの貴重品で、1台10万バーツ前後で取引されていた。

バンクワンには電話サービスがあり、囚人は家族などの電話番号を登録しておけば、週に10分まで刑務所から電話をかけることができた。不法な携帯電話など本来必要がないはずだが、外部に麻薬取引の指示を出すために、10万バーツを払っても欲しかったようだ。携帯電話は普段、麻薬密売グループの貧しい囚人が持たされていることが多かった。預かるだけで月に1~2万バーツ、逮捕されれば30万バーツが支払われた、という話もある。

囚人がオーダーした生鮮食品や日用品は、刑務所の集配所にまとめて届けられ、ここで収容ビルごとに仕分けされ、台車で各ビルに運び込まれる。仕分けされた品物は、空港にあるようなX線の手荷物検査の機械に通されてチェックされた後、ビル内に入れられていた。普通に考えれば、携帯電話などの不法品の持ち込みはまず不可能なはずなのだが、どういうわけか、携帯電話や麻薬の流入が止まらない。

バンクワン刑務所の囚人の上告裁判は、通常バンコクの裁判所で行われるのだが、度々バンクワン刑務所のあるノンタブリ県の裁判所への囚人呼び出しの放送があった。疑問に思っていたが、刑務所内での麻薬使用や携帯電話の不法所持で捕まった者の裁判の呼び出しだったようだ。

しばらくして2年以上も前の尿検査で麻薬陽性となった囚人の呼び出しがあった。

本人はまさか2年以上も経って事件化されるとは思っていなかったらしく、懲役1年の判決を言い渡され、ずいぶんとがっくりきていた。

仮病で望まぬ入院に

2010年10月、わずか3日間だったが、久々に入院をしてしまった。入院をするのは、4年振り4回目のことだ。

喘息の吸入薬の処方箋をもらうために、所内の病院に行った。ついでに下痢止めの薬をもらってストックをしておこうと思い、とくに異状もないのに問診票に「3日間下痢が続いている」と書いて出した。すると、診察もなしに即入院が言い渡されてしまった。

医者は頑固で、薬だけもらえれば大丈夫だといくら言っても聞き入れてくれない。仕方がないので2番ビルディングに一度戻り、入院用の荷物（着替え、ブランケット、タオルなどの洗面具）と現金代わりのタバコ1カートンを抱えて、入院だ。

病院は非常に快適だった。ベッドで眠れるうえに、窓が広く外の景色を眺めることもできる。一般の獄舎と違って、風通しがよく、たいへん過ごしやすい。しかし、私にとってはいい迷惑だった。タバコのバラ売りは休んだ分だけ稼ぎが下がってしまう。入院中は商売ができないので、収入が途絶えてしまうのだ。

誰もがなんとか入院したがっているのに認められない中、入院したくもない私が病気でもないのに入院になったので、同じ舎房の囚人たちはみな笑っていた。

この日、一緒に病院へ診察にきていた新しいレディーボーイも入院になった。レディーボーイは病棟2Fの結核部屋、私は1Fの一般部屋だ。結核病棟はベッドだけでは患者が収容しきれず、床にマットレスを敷いて何人も寝かされていると聞いていたが、流行が一段落していたようで、全員ベッドで寝ていた。

私の方は入院後、すぐに点滴を打たれることになったのだが、囚人の看護師が下手くそで針がなかなか血管に入らず、ぐずぐずしたうえ、3回目でやっとうまく刺さるという案配だった。点滴は午後3時に始まり、翌朝10時にようやく解放された。

病舎は、水浴び場とトイレが改装され、きれいになっており、以前にはなかった電気温水器のシャワーも取り付けられていた。入院したのが金曜日ということで、月曜日にＨＩＶを含む血液検査をされ、下痢は治ったということで、ようやく月曜日の午後1時に解放された。

下痢でもないのに大量の下痢止めを飲まされたせいか、しばらく頑固な便秘になってしまい、入院のどさくさで肝心の喘息の吸入薬の処方箋をもらうのを忘れてしまった。かなり調子が悪かった喘息は、環境が変わったためか少し好転していたことだけは救いだった。

刑務所内の手入れいろいろ

とにかくやりたい放題という印象のバンクワン刑務所だったが、不正物品を摘発するための手入れは頻繁に行われていた。

タイミングを見はからい、ロッカールームを急襲し、麻薬や携帯電話、密造酒などの禁制品を見つけ出す、というものだがこの手入れは誰がやっているものなのかによって危険度が違った。

たとえば、もっとも頻度の高い刑務官による手入れは、比較的穏便だった。さすがに麻薬や携帯電話、密造酒になると処罰されるが、ＭＰ‐３やラジオ、ＤＶＤ、ＣＤ、電気プレートなどの調理器具は、普段、黙認していることもあってお咎めなしが基本。他所のビルからきた応援の刑務官に見つかれば没収もあったが、後で呼び出されて返してくれるという具合で、刑務官の中には麻薬の密売グループからワイロを受け取り、手入れの日取りを漏らすような不届き者もいたらしい。

それに対して、気が抜けないのが外部の手入れである。

刑務所ではときおり、軍隊や矯正局（コレクションデパートメント）、麻薬取締局による手入れも行われた。彼らはバンクワンの刑務官のように物わかりがよくない。麻薬や携帯電話、密造酒はもちろん、現金や電化製品などを軒並み持ち去ってしまう。

たとえば、ある年の矯正局の手入れでは、2番ビルディングの獄舎全室に矯正局の職員と軍隊が突入。部屋の中、荷物という荷物を引っ掻き回した。あいにく麻薬や携帯電話は見つからなかったものの、現金にラジオ、ＤＶＤが押収された。同部屋の外国人受刑者はヘッドホンをパンツの中に隠してやり過ごそうとしたが、あえなく見つかり没収だ。

翌朝出房してみると、舎房の外にも大捜索が入っていたのを知った。下水や浄化槽の蓋は外され、植木鉢や置物が動かされ、庭のあちこちが掘り返され、ロッカーの南京錠がカッターで切断されているなど、見るも無残な状態になっている。ロッカーの中を確認すると、小さな金属製のスプーン（麻薬を炙るのに使用されることもある）まで持ち去るという徹底ぶりだ。

私はこの手入れで1800バーツを喪失。日本人受刑者のNさんは短波ラジオを没収された。前日に手入れの噂を聞いていたYさんは念のためにと、庭に500バーツを埋めて隠しておいたが、それすらも掘り返して持っていった。

私たち囚人はただ嵐が過ぎ去るのを待つしかなかったのである。

泣く子も黙る恐怖の懲罰房

刑務所では規則を破ると、懲罰を受けた。

一番多いのはケンカで、麻薬の使用・密売、密造酒の製造、携帯電話の所持なども懲罰の対象となった。ケンカで相手を殺したり、重傷を負わせたりすれば裁判にかけられ、罪が増えた。麻薬の所持や密売も同様だ。携帯電話や密造酒の場合は、10番ビルディングの懲罰房に送られた。

一般房が雑居房だったのに比べ、懲罰房はすべて1人部屋の独居房だ。

所内の規則を破って懲罰房送りになった囚人は足かせが付けられ、一度入れられると数ヶ月は出られない。懲罰中に再び規律違反を犯すと、足かせの鎖がより重いもの（通常は3キロ程度が、5キロ程度の重さになる）に付け替えられる、といったペナルティーもあった。1日1時間程度のレクリエーション時間（独房を出て、広場でタバコを吸える）はあったが、部屋の中にこもりっきりという暮らしだ。

懲罰房は10番ビルディングにしかなかったが、違反者が多く、それだけでは手狭になってきたので、私のいる2番ビルディングにも造られることになった。懲罰房は２０１３年の年初には完成したが、どういうわけか、３ヶ月以上も使われずに放置されていた。

また所長の気まぐれかと思っていたところ、ようやく収容者が現れた。記念すべき第一号は、ケンカでナイフを振り回したという囚人。別のビルディングからの移送組だ。その後、せきを切ったように次々と収容者が現れて、すぐに満室になった。

2番ビルディングの懲罰房は、全12室。すべて独居房。広さは一般房の囚人の居住スペースよりも広く、3平方メートルくらいはある。トイレ兼用の水浴び場付きだ。なかに持って入れるのは、毛布1枚と洗面具、食器ぐらいで、床は一般房と同じくコンクリートの上にビニールシートを敷いただけ。毛布1枚だけではかなり厳しい。また、部屋は背中合わせなので風が通らず、天井のファンもないため、中は尋常ではないほど暑いはずだ。実際、熱中症による体調不良者も出たらしく、最近になって西向きの部屋には西日を避けるために日よけの覆いが取り付けられた。

収容されているのは、ケンカで武器を使った者、麻薬の売人、刑務官に逆らった者が中心で、とくに刑務官の機嫌を損ねると一発収容らしく、刑務官と口論したイラン人死刑囚は収容されて3ヶ月近く経つのだが、まだ解放してもらえない。つい最近では酔っぱらってケンカをした死刑囚が放り込まれたのだが、房内で暴れて便器を壊したらしく、懲罰房から引き出され、衆人環視の中、棒でビシバシしばかれていた。刑務官の情け容赦ない暴力は、ここバンクワンではいつもの光景だ。

電気鍋の乱

2011年6月、4番ビルディングで、あわや暴動という騒ぎがあった。ここバンクワンでは本来禁止されている電気鍋の使用が黙認されているのだが、6番ビルディングに続き、4番ビルディングで電気鍋の摘発があったのだ。それに怒った外国人受刑者のグループがビルディングチーフに抗議を行ったが、話し合いは平行線をたどり、次第に険悪な雰囲気に。そしてついにイラン人の囚人が爆発し、チーフを殴りつけた。この事態にすぐさま他のビルから応援の刑務官が駆け付け、外国人グループを制圧。チーフを殴ったイラン人はその場でボコボコにされ、病院送りにあったらしい。

この日、4番ビルディングでは合計40台もの電気鍋が没収されたということだが、刑務所全体では一体どれくらい出回っているのだろうか。その電気代だけでもかなりのものになるだろう。

以前、私は4番ビルディングにいたことがあるのだが、そのときは電気鍋の使用料として月に100バーツを徴収されていた。

所内の事情に明るい囚人によると、近いうちにここ2番ビルディングでも電気鍋の摘発があるということだったが、4番ビルの騒ぎのおかげで結局、鍋の摘発は中止になったらしい。電気鍋を愛用している私としては、これ以上の幸運はない。

電気鍋は時々新品が3000バーツほどで売りに出ていることもある。しかし、囚人が持ちこめるはずもないので、持ってきているのは刑務官のはずだ。今回没収になった鍋も、きっとそのうち、何食わぬ顔で刑務所内に出回ることだろう。

少し前に、日本人受刑者のKさんのもとに、電磁調理器と鍋のセットが送られてきたことがあった。小包受け渡し所の刑務官に聞くと、鍋はOKだが下の電気の部分は渡せないというので、私が1000バーツで話をつけて、後日、2番ビルディングの刑務官に取りに行ってもらうことにした。

しかし、後になって突然、Kさんは電磁調理器はいらないと言い出した。電磁調理器は高値で売れるので、Kさんの利益になると思ったのだが、いらないというなら仕方がない。

電磁調理器は結局、引き取り手がないまま小包受け渡し所に置きっぱなしになった。ひょっとすると今頃は、新しい鍋を載せてどこかの誰かに使われているのかもしれない。

工場内での新生活

寝起きしている舎房は、朝の出房後に施錠されてしまう。そのため、囚人たちは昼間、屋根付きの広いダイニングルームか、自分のロッカーがあるロッカールームなどで過ごしていた。

２０１２年10月、私を含む日本人受刑者など、25名ほどが出房後に過ごしていた2番ビルディング最奥のロッカールームが取り壊されることになった。全員2番ビルディングの入り口に近い、使われていない廃工場の一角に引っ越しだ。

工場には私と日本人のNさん、Nさんの友だちのタイ人と移り、工場入り口付近に場所をもらった。3人でテーブルやイス、棚などをリヤカーで運ぶ。荷物が多かったため、往復すること4度の大移動になった。

移転先にはロッカーが用意されていなかったので、売物のタバコや現金をしまう場所がない。やむなく元のロッカールームの近くにあるロッカーを使うしかなく、毎日何度も2番ビルディングを端から端まで移動しなければならなくなった。わずか60〜70メートル程度の移動距離だったが、普段、まったく運動をしていない私には非常に堪えた。

2、3日後、仲間のタイ人が扉の壊れたロッカーを手に入れてきてくれたので、それを修理して使うようになった。身近にロッカーができてひと安心だ。前は屋根付きのオープンエアーのロッカールームということで、風通しもよく過ごしやすかったのだが、今度は工場内ということで風も通らず、毎日蒸し暑い。なかで七輪を使う囚人も多いので、建物の中に煙がこもってしまい、ものすごい状態になっている。コンロで唐辛子でもあぶろうものなら、工場中、くしゃみの大合唱だ。

工場内には以前から生活している人もおり、今は総勢100人ほどが出房後暮らしている。ためしに小分けにしたインスタントコーヒーを売ってみたら、売上が倍増。毎日、コーヒーの袋詰めに追われることになった。

この引っ越しの後、ちょっとした事件があった。昼の商売のために1時間半ほど工場を離れたところ、例の修理したロッカーがこじ開けられ、中に入れていた売り物のタバコ4カートン（約3000バーツ相当）が盗まれてしまったのだ。

近くに監視カメラがあったので刑務官に相談しにいったのだが、ロッカーの場所はカメラの死角になっており、何も映っていない。タバコは諦めるほかはないかと思っていたところ、私の盗難騒ぎはあっという間に2番ビルディングに広まり、不審な行動をしていた者を見たという目撃者が現れた。刑務官はその情報をもとに犯人を捜索、わずか1時間後に逮捕というスピード解決となった。

金返せ…の泣き寝入り

タバコを盗んだ犯人は、若いタイ人の受刑者だった。刑務官の取り調べに同席して、どうして盗んだのか事情を聞いた。動機は借金返済のためだったそうで、タバコは売店ですでに換金済み、その金も借金の返済に使ってしまったので一銭も残っていないという。

泥棒は地面に頭をこすりつけんばかりに謝ると、明朝、必ず耳を揃えてタバコの代金3000バーツを返すと約束した。刑務官の手前、まさかウソをつくことはないだろう。男も真剣な様子で謝っているので、つい信用してしまった。

泥棒は返金を条件に放免された。翌日、私は泥棒が金を返しにくるのを1日中待っていたが、泥棒は一向に現れなかった。

その翌日、取り調べをしてくれた刑務官のもとを訪れ、事情を話してみた。待っていたが金を返しにこなかったと言うと、これから呼び出して、お灸をすえるという。数時間後、この刑務官から呼び出しを受けた。泥棒は金が用意できなかったらしく、4日後には絶対に払うと約束したという。

泥棒の〝絶対〟ほど当てにならない言葉はないが、とりあえず待ってみよう。そう思い、4日間、じっと我慢をしていたが、予想通り、泥棒は金を返しにこない。

頭にきたので、手近にあった卓球のラケットを握りしめ、直接交渉に赴いた。泥棒は謝るどころか、悪びれず平然としている。このまま舐められているのはよくないので、金を返さないとラケットの角で頭を叩き潰すぞ、と言ってラケットで軽く頭をひっぱたいて帰ってきた。

しかし、この脅しもまったく効果はなかった。泥棒はその後も変わらず、何事もなかったかのように2番ビルディング内で暮らしている。

このままではらちが明かないので、再度刑務官のところに行き、金を払わないならば懲罰房に放り込んでくれと要求をした。しかし、刑務官はまったく取り合ってくれない。その態度を見ていると、次第に頭に血が上ってきた。このまま無罪放免になるのは納得できない。ヤツを罰しないなら一発1000バーツで殴らせろ、3発で3000バーツ、これで盗んだタバコ代は帳消しだと刑務官に訴えたのだ。

最初は冗談だろうと笑っていた刑務官も、私の真剣な顔つきを見て本気だとわかったようだ。

ダメだダメだと止められているところに、泥棒の領置金のチェックをしていた2番ビルディングの売店の責任者がやってきた。事情を話すと、ケンカはやめろと諭された。私がなおも不満そうにしていると、売店から1000バーツの見舞金をフォローしてもらえることになった。

私は以前も泥棒を現行犯逮捕したことがあるのだが、そのときも犯人は無罪放免になった。どうやらバンクワンの刑務官たちは余計な仕事を増やしたくないらしい。

盗み得の状態では泥棒の被害がなくなるわけがない。日本大使館に事情を話し、なぜ泥棒をしても懲罰にならないのか理由を聞いてもらおうかとも思ったが、刑務官とトラブってもろくな結果にならない。そう思うと、それ以上強く出るわけにはいかず、泣き寝入りせざるを得なかった。
川柳一句　理不尽も我慢我慢の務所暮らし

刑務所内は大洪水

２０１０年10月、タイ全土を大雨が襲い、各地で浸水などの被害が出た。

ここバンクワン刑務所も例外ではなく、強いスコールがあるたびに通路や広場が冠水し、浄化槽から汚物まで流れ出す状態だ。排水口が水で一杯になると、子ネコほどもある巨大なドブネズミが逃げ出してきて、そこら中を駆け回り、続いてゴキブリがゾロゾロと這い出してくる。

スコールのときに面会や小包受け取りの呼び出しがあると大変で、傘があるわけではないので、土砂降りの中ずぶ濡れになって面会所に向かうしかない。水に浸かった足はきれいな水でよく洗っておかないと、後で得体のしれない皮膚病になったりするので要注意だ。とくに傷がある場合、化膿してエライ目に遭うこともある。

大雨のあと、２番ビルディングはネズミ天国と化しており、これまで外に出しておいてもどうということもなかったバナナやリンゴ、キュウリなどがかじられてしまう。巣に持ち帰って食べているのか、小さなキュウリなどは朝出房してくるとなくなっている状態で、木の扉がかじられ、破片が散乱しているようなこともあった。

翌年の10月も、タイではアユタヤを中心に大規模な洪水が発生した。バンクワン刑務所はチャオプラヤ川のすぐ近くにあるということで、特別警戒態勢が敷かれ、10月19日に獄舎の1階入り口に高さ1メートル程度のコンクリート製の壁が作られた。水が獄舎内に入ってこないようにするための措置だったが、普通に通れなくなってしまったので囚人たちは踏み台を使って出入りするようになった。

10月2日には、テレビでバンコクのクロンプレム刑務所（別名、ラジャオ刑務所）の服役者移監のニュースが報道されていたが、ここバンクワン刑務所でも刑の重い者から順番に安全な刑務所に移動することになり、第一弾としてまず1階の死刑囚約250名がカンチャナブリのカオビン刑務所に移されていった。

この日、私はたまたま小包の受け渡しがあったため、受け取りのために2番ビルディングの外に出ると、懲罰の10番ビルディングの収容者たちがビルの前で整列させられていた。死刑囚と一緒に移監されるらしい。小包を受け取っていると、大型バスの護送車が入ってきた。

翌日は終身刑の服役者100名がタイ中部のピサヌローク刑務所に移された。その翌日は川の様子を見ているのか移監はなく、10月末に残りの終身刑と40年以上の刑期の服役者合わせて100名が南方面の刑務所に送られていった。

川の増水が落ち着いてきたという話もあり、これ以上の移監はないという意見もあったが、別の囚人に言わせると、翌日には100名がチェンマイの刑務所に送られるともいう。それが本当ならば、私が選ばれる可能性が高い。チェンマイまでは車で10時間もかかる。それほどの長時間、護送車の堅いイスで揺られるのかと思うと気が滅入ってきた。

チェンマイからは長くても1~2ヶ月で戻ってこられるらしく、持っていける荷物は洗面用具に下着（シャツ、パンツ各3枚）、ブランケット1枚だけで、本当に着の身着のままという状況だった。郵便物は10月26日の時点ですべてストップしており、自炊の食材のオーダーも同様で、売店も休業状態にある。どうなるのか、不安が募った。

だが、これほど大騒ぎをしたのにも関わらず、結局、移監は行われなかった。大潮のピークが過ぎ、チャオプラヤ川の水位もこれ以上は上がらないということで、1階の出入り口にあった、邪魔なコンクリート壁もすべて取り除かれた。2番ビルディングは3度にわたる収容者の移監で、約750名（死刑囚約280名、一般囚

470名）いた囚人が250名ほどに減少、舎房の収容人数も17名から8名になって広々として喜んでいた。

だが、5番ビルディングの総チェックで囚人200名が移動してきて、元の木阿弥状態に。定員17名のところ、20名まで詰め込まれてしまった。5番ビルディングにはバンコクのピセー刑務所から約800名が移送収容されることになったので、当分、このすし詰め状態は続きそうだ。

ネコは囚人の友

タイの刑務所に入って、驚いたのがネコがいることだった。バンクワン刑務所では、どのビルディングにもネコがおり、2番ビルディングだけでも50匹近くのネコが住んでいた。バンコクのボンバット刑務所やラジャオ刑務所にもいたから、たぶん、全国どこの刑務所でも飼われているのだろう。

2番ビルディングの日本人受刑者Yさんも、ネコを飼っている囚人の1人だった。エサはナマズのローストをオーダーしたり、売店で売られているキャットフードを与えていた。一度、ネコの1ヶ月のエサ代を聞いたら600バーツということだった。その頃の私は1ヶ月750バーツ程度でやりくりしていたので、複雑な思いをしたのを覚えている。

盛りのついた時期は夜遅くまでネコの鳴き声が聞こえ、メスの奪い合いで屋根の上を走り廻って喧嘩をしている音もよく聞こえてくる。年に1回はオスの去勢処置をしているが、去勢を逃れたオスがメスを妊娠させ、あちこちで子ネコが生まれていた。たちの悪いネコはビルの高い塀越しに隣りのビルに投げ込まれることもあって、いつのまにかネコがいなくなったり、逆に見かけないネコが増えていることもあった。ほかのペットでは、一時期、ウサギが流行ったことがあるのだが、皮膚病が蔓延し、狸の金玉よろしくウサギが玉袋を引きずってウロウロ歩き回る事態となり、あえなく全滅してから飼う人はいなくなった。

Yさんの飼いネコは流行病で一度すべて死んでしまったが、その後、隣の3番ビルディングから処置に困ったのか、妊娠中のメスが投げ込まれてきた。見捨てるわけにもいかず、Yさんが面倒を見ていたが、しばらくしてメスが無事に子ネコを出産。その後も妊娠・出産を繰り返したので、計8匹のネコがYさんの周囲を走り回り、ところかまわず糞を撒き散らす状態になってしまった。

このネコたちの唯一の長所はネズミを捕ってくれるところだったが、それも残骸をあっちこっちにばらまいていると周囲の囚人から苦情が殺到したため、1匹を残して、ネコのビル移動を申請することになった。希望する移動先は、囚人の食事を作っていてエサに不自由のない9番ビルディングだが、他にも同じことを考える飼い主は多いらしく、いま200匹を超えるネコ屋敷と化しているという話で引き取ってもらえるかどうかは難しそうだった。1匹100バーツで持っていってやる、などと本気とも冗談ともつかないことを言う刑務官もいた。

ネコのビル移動は、申請から2週間が過ぎてようやく許可が出た。予定通り、1匹だけを残して7匹を移すつもりだったが、連れていくネコを袋詰めにしているのを見て危険を察知したのか、1匹が雲隠れしてしまい、結局、2匹を残すことになった。この日は2番ビルディングの他のネコも一緒に、30匹が9番ビルディングに引っ越しをしたようだ。その後、Yさんは1匹を加え、3匹の面倒を見るようになった。

わが輩は伝治朗

2011年5月、2番ビルディングの同胞、Yさんが国王嘆願による減刑特赦で釈放されることになった。そのとき、Yさんが飼っていたネコ3匹は、残された日本人受刑者で世話をすることになった。

Yさんは毎日1匹16バーツの焼きナマズを2匹、パカポン（イワシのトマト煮）、キャットフード（売店で300グラムほど入ったのが50バーツで売っている）などを与えていたが、エサはだいぶ質が落ちて、今は刑務所で出る魚のスープの余ったのをもらってきて魚だけを拾い出し、香辛料を洗い落としてから、御飯と混ぜたネコマンマか、キャットフードを与えている。

Yさんが釈放された翌日は、毎日もらっていたナマズを待っているのか、ネコがしばらくネコマンマの入った丼ぶりの周りをうろうろしていた。夕方の入房前にエサを作って置いてやっていたのだが、翌朝すっかりなくなっている。ネコが残さず食べていると思っていたら、ある日、御飯が2～3メートル先の物陰に散らばっているのを発見した。どうやらネコマンマはネズミの餌食となっていたようだ。

その後もネコたちに引き続きエサをやっていたが、12月になり急激に冷え込んだせいか、ネコたちがバタバタと逝ってしまい、伝治朗という名前のオスネコ一匹だけになってしまった。

伝治朗はとにかく食い意地の張ったネコで、朝出房してくると必ずエサ入れの前で待っており、腹がくちるとネコ部屋（棚の一部を占領されてしまい、しかたなくネコ部屋にしていた）に戻って寝ている。出てくるのは腹の減った時とトイレくらいで、エサが気に入らないと擦りよってきて、替わりをねだったりもする。ネコ部屋の側で料理をしているため、私が肉などを切っていると匂いに気付くのか部屋から出てきて、おこぼれに預かるまで動こうとしない。1日3回くらい、犬と同じように自分の縄張りに小便をかけながら一周して戻ってくるのが日課だ。

刑務所のネコは、みな短命で、ちょっとしたことですぐに死んでしまう。だが、伝治朗はとにかく元気で、その後も変わらず、食べるか寝るかという毎日を送っていた。エサは主食のキャットフードが手に入らなくなったので、パカポン（イワシのトマト煮）を売店で買って与えていた。ネコでも同じ物が続くと飽きるのか、なかなか食べない時があるので、焼いたナマズや豚肉、練乳付きのパンもときどき与えていた。

伝治朗はいつのまにかメスネコとねんごろになっており、子どもまで作っていた。本妻だけでなく、愛人までいる始末で、愛人との間にも5匹の子ネコを作っている。ネコの世界のこととはいえ、メスネコを追い回す伝治朗のたくましさを見ていると、なんとも言えずうらやましい思いがした。

【第五章】

凶悪犯に死刑囚…

塀の中の仲間たち

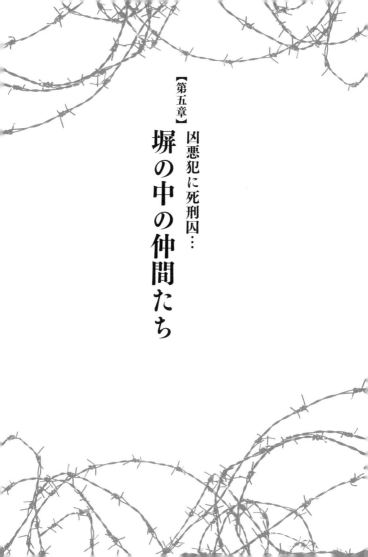

足かせをつけられた死刑囚

私がいる2番ビルディングは、1階の獄舎が死刑囚の居住区になっていて、常時340人ほどの死刑囚が収容されていた。

死刑囚の出房時間は午前8時～10時、午後1時～2時30分で、この間は我々と一緒に生活していた。違っていたのは舎房の出入りが認められていた点だろう。我々一般の囚人は出房後自室へ戻ることはできなかったが、死刑囚の場合は自由で、ほとんどの死刑囚は飲料水の補給や売店での買物、日中の運動のために外に出てくる以外は自室で過ごしていた。ちなみに外国人受刑者と一緒で、死刑囚にも刑務作業がない。

ここタイの刑務所では、重罪犯は一審の裁判が終わるまで足かせと鎖を付けられた生活を強いられ、眠る時も外されることはない。私も鎖を引きずりながらの生活を強いられていたので、一審判決の後、足かせ、鎖を外された時は本当に嬉しかったのを覚えている。

しかし、死刑囚の場合は裁判で刑罰が確定しても、足かせを外されることはない。

外されるのは死刑執行の直前だ。

そのため、死刑囚の出房時間の8時になると、鎖のジャラジャラという音が獄舎に響きわたる。日本の死刑執行は絞首刑だが、タイでは銃殺刑から毒物の注射による処刑方法に変わった。

２００９年8月24日、ここバンクワン刑務所で約6年振りに初の薬物注射による、2名の死刑執行があった。

死刑執行は、このところ約6年も行われていなかった。このまま廃止になるのではないか、との噂が出ていた矢先の執行だったので、死刑囚居住区に衝撃が走ったそうだ。死刑囚居住区にはいつ執行の呼び出しがかかってもおかしくない囚人が、まだ１００名近くもいる。きっと彼らは今回の執行を受けて、眠れない夜を過ごしていることだろう。

執行された2名はいずれも麻薬事犯だった。私と同じ2番ビルディングの死刑囚房に収容されていたタイ人で、顔を合わせたこともある。

今回の死刑執行は、タイ国内で連日のように報道されている麻薬事件への見せしめ、また、刑務所内で死刑囚を中心に蔓延している薬物への締め付け、という２つの意味があったのではないか、というのが大方の囚人の見方だ。つい最近も面会者が差し入れた豚足にヤーバー200錠が仕込まれていたというのが発覚している。外部にいる協力者は、手を替え品を替え、麻薬を送り込んでくる。刑務所サイドもその対策に頭を悩ませているのだろう。

タイには個人で行う国王嘆願という制度がある。この嘆願中は死刑が執行されないということで、死刑確定囚の多くがこの申請を行っている。その間に出るかもしれない国王特赦を待つというダブル体制で、なかにはわざと不備のある書類を作成して申請し、差し戻しを待って嘆願をやり直すといったことを繰り返し、嘆願の決定を長引かせる死刑囚もいると聞いている。今回死刑執行された2人は、この国王嘆願が却下されたケースということだ。

処刑されたうちの1人は、王室関係に勤めていた妹の、王室関係者のステッカーが貼られた自家用車を麻薬の運搬に使用して検問を逃れていたらしい。そのため、妹も共犯として一緒に逮捕されたが、妹は裁判で無罪となり釈放されたという。

来年には大きな国王特赦があるという噂も伝わっているため、このタイミングでの死刑執行は不運としか言いようがない。死刑囚もこのままおとなしくしているのか、逆に大荒れになるのか、その動向が、気になるところだ。

死刑囚とジャンキー

バンクワン刑務所では、死刑囚は他の囚人から一目置かれていた。死刑囚の罪状は麻薬関係がほとんどだったが、死刑判決は裁判で有罪無罪を争うか、よほどの量を密輸しようとしなければなかなか下されるものではない。決してほめられたことではないが、死刑囚は犯罪者としてスケールが大きいのだ。

私は商売柄、彼らと接点があった。店を開いていたのが死刑囚房のすぐ近くだったので、よく買いにきてくれたり、差し入れなどで入ったタバコなどを売りにもきてくれた。死刑囚というと極悪無比な人物を連想するかもしれないが、みな人柄はよく、つけ払いなどもしっかり払ってくれる者が多かった。

一方、刑務所で忌み嫌われていたのが、ジャンキー集団だ。

バンクワンは薬物関係の犯罪者が大半ということもあり、ビジネスとして麻薬を扱うだけでなく、自分自身も乱用者になった囚人がたくさんいた。私たちのロッカールームの隣にもジャンキーグループがおり、おおっぴらにヘロインを吸引するなど、やりたい放題だった。

あるとき、このジャンキー集団のところに20人ほどの死刑囚が殴り込みにきたことがある。おそらく金か、麻薬でもめてのことだと思われるが、ジャンキー集団は死刑囚にまったくひるむことなく、むしろ包丁を振り回して追い返してしまった。この騒ぎでジャンキーグループのうち3人がビルディングの移動処分を受けたが、相変わらず、毎日十数人がたむろしている。

死刑囚居住区は、それまで比較的自由に私たち一般棟へ出入りできていたが、この騒動以降、出入り口に人員が配され、面会など必要があるとき以外は出入りできなくなっている（一般棟から死刑囚棟へはもともと立ち入ることはできない）。

騒ぎの後、ジャンキー集団を中心に付近のロッカーの徹底的なチェックがあった。この検査では、我々日本人も含めて、無関係な囚人のロッカーも巻き添えを食い、中の荷物が引き出されるなど散々な目に遭った。

だが、肝心のジャンキー集団のロッカーが最後のチェックではヤバい物が出てくるはずがない。ジャンキーのリーダーから刑務官に金が渡っているらしく、この所持品検査は慣れ合いのようなものだ。

たとえ規則に違反するようなものが出ても、グループ内の違法品を預かっている金のない囚人が罪を被るだけだろう。

外された死刑囚の足かせと鎖

２０１３年、死刑囚につけられていた足かせ、鎖がすべて取り外された。足かせは国際法違反だと聞いていたので、タイもようやく世界的な基準に合わせる気になったらしい。ただし、懲罰組の足かせは相変わらずそのままだ。

足かせが外されて、一般の囚人と見分けがつかなくなったせいか、死刑囚は面会やその他の用事で死刑囚棟から出るときは、上下茶色の囚人服を着用することになった。また、死刑囚棟の出入り口には、これまでなかった死刑囚の検問所が設けられ、刑務官か、その補佐役のブルーシャツと呼ばれる囚人が常駐するようになった。検問所では出入りのたびに身体検査や持ち物検査をしていたが、結局２ヶ月ほどで元に戻ってしまった。

5月に入って、バンクワン刑務所にタイ国首相の視察があった。

足かせの外された状況を首相に見てもらうために、2番ビルディングの死刑囚が50人ほど集会場のある14番ビルディングに連れて行かれた。首相はそのほか、14番ビルディングで新しく始まった囚人向けのパソコン講習の様子なども視察したらしい。この日は2番ビルディングの面会日だったが、面会は中止。知らずに面会にきた人は、きっといい迷惑だったことだろう。

3月に続き、4月の終わりにも、病院の医務官などが出張してきて、囚人全員を対象にした尿検査が行われた。もちろん健康診断ではなく、薬物の使用の有無を調べるためのものだ。検査後、結果を知らせる放送があったが、信じられないことにただの1人も陽性反応が出なかったという。

その1週間前、私はたまたま2番ビルディングの刑務官がジャンキー連中の尿検査をしている現場に遭遇した。そのとき、刑務官が尿を入れる容器と一緒に薬物チェックの試薬を渡しているのを目撃している。事前に自分でチェックをさせていたのでは、陽性反応が出るわけがない。今回の薬物検査も情報漏れがあったとしか思えない。

以前4番ビルディングの抜き打ちの検査で、約500人の収容者中200人の麻薬陽性者が出たという話が伝わっている。小包みや面会時の持ち込み差し入れが禁止され、囚人が麻薬の持ち込みをできなくなった状況で、陽性反応者が出れば誰が麻薬を刑務所に持ち込んでいるのかは歴然だ。刑務官としては陽性反応者をなんとしても出したくなかった、ということだろう。

外国人受刑者の傾向と生態

バンクワン刑務所の特徴のひとつに、外国人受刑者の多さがあった。

第四章で紹介したものの繰り返しになるが、私が2番ビルディングにきた2005年の外国人受刑者の数と内訳をもう一度記しておこう。

2番ビルディングの外国人受刑者は、死刑囚も合わせて119名。国籍別ではお隣のミャンマーが42名ともっとも多く、台湾（16名）、香港（10名）がベスト3。その下に中国やラオス、シンガポール、マレーシアが並んだ。当時、2番ビルディングの日本人受刑者は5名（バンクワン刑務所全体では7名）で、イギリス（4名）と続いた。

そのほかの国では、ナイジェリアなどのアフリカ、カンボジア、ネパール、バングラデシュ、パキスタン、アフガニスタン、カザフスタン、イスラエル、ロシア、デンマーク、変わったところではスイス人もおり、その後、各地の刑務所から移送が相次ぎ、どんどんその数が増えていった印象がある。一部を除き、だいたいが麻薬関連の犯罪で捕まっていた。

私は英語があまり得意ではなかった（日常会話レベル）ため、自分から積極的に外国人受刑者と交流を持ったわけではなかったが、外国人用の舎房にいることが多かったし、商売をしていたため、一般の囚人よりは接点は多かったと思う。

そんな私から見た、外国人受刑者の国別傾向を書いてみよう。

イラン人はとにかく粗暴で、話が通じない。刑務所中でも麻薬の密売などを行っていたが、彼ら特有のルールで動いていたため、周囲とのいさかいが絶えなかった。また、イラン人組織には派閥があり、その派閥同士の仲が悪かった。ときにはグループ同士の大乱闘になったり、包丁を振り回すようなこともあった。

ナイジェリア人は、所内で麻薬の密売組織をつくっていたので評判はあまり良くなかった。こちらも麻薬関連のトラブルが多く、しばしば殴り合いのケンカをしていたイメージがある。が、意外にも金銭管理はしっかりしており、ナイジェリア人同士の金の貸し借りはしないなどと話していた。

パキスタン人は同じムスリムのイラン人とは違った。日本でも中古車の解体などで真面目に働いている人が多いことからもわかるように、ここ刑務所でも1つのグループにまとまり、ローティを1つ20バーツで売るなどして、一緒に過ごしていた。

イスラエル人は同国人同士でよくケンカをしていたが、ナイジェリア人同様に金銭管理はさすがにしっかりしていた。日本の繁華街や縁日などでシルバーアクセサリーを売っている外国人はイスラエル人が多いようで、バンクワン刑務所には、タイのカオサンで仕入れたシルバーを日本で売っていたという、日本語を話すイスラエル人が麻薬密輸による終身刑で服役していた。

ネパール人は刑務所ではおとなしく、付き合いやすい外国人だが、麻薬犯罪に手を染める者が多いのか、小さな国の割には服役者がたくさんいた。

商売をする上で安心できたのは、ミャンマー人とカンボジア人だ。彼らは総じて真面目で、頼んだ仕事は手を抜かずにしっかりやってくれる。それに対して、やはりタイ人は万事においていい加減だった。頼んだ仕事はやらないし、貸した金も返さない。タイ人に金を貸すときはまず返ってこないのであげたつもりで貸す必要があった。もっとも、そんな彼らにも罪悪感のようなものはあるらしく、こちらがトラブルに巻き込まれたときなどは身体を張って助けてくれる者も多かった。

ナイジェリア人、パキスタン人も仕事をする上では悪い人たちではなかった。約束はしっかり守ったし、金の貸し借りもキッチリしていた。

その点、ぜったいに金を返さなかったのはイラン人だ。私もイラン人とは極力関わらないようにしていた。

日本人受刑者5人のプロフィール

外国人受刑者は同じ国の者同士で固まって行動していることが多かった。その中でもヨーロッパの囚人は別で、個人主義を優先させているのか、群れずにバラバラでいることが多かった。

私たちはどうだったのかといえば、やはりそこは日本人。群れるのが心強く、ひとつのロッカールームに固まって暮らしていた。ここで私を除く、日本人受刑者の簡単なプロフィールを紹介しておこう。年齢はすべて2010年当時のものだ。

【2番ビル】

Yさん…50代前半。細身で小柄。ヘロイン1・5キロの密輸も成分量200グラムで終身刑。一言多い性格。一度ケンカをしたが、すぐに仲直りした。気は良い人。

Nさん…40代中頃。小柄。毎日ウォーキングをしていた。Yさんの共犯者。終身刑。大人しい性格。

Kさん…50代後半。痩せており、足に障害を持つ。MDMA（エクスタシー）6000錠の密輸で終身刑。2013年3月、腎臓摘出手術をするも帰らぬ人に。

Hさん…40代前半。ヘロイン密輸で終身刑。語学堪能で英語、タイ語がペラペラ。日本人や外国人服役者の通訳係。ウエイトリフティングやボクシングを愛好する体育会系の一面もある。

【6番ビル】

Tさん…60代前半。ヤーバー6000錠の所持。ただ1人、密輸ではなく国内逮捕で終身刑。よくしゃべる人で社交的。6番ビルで私以上に手広く商売をしていた。

【5番ビル】

Iさん…60代前半。強盗殺人で死刑。人づきあいが苦手らしく、ほとんど孤立していた。後に特赦で終身刑に減刑され、6番ビルに移動もここでも孤立。小柄で穏やか。強盗殺人犯には見えない。

【4番ビル】

Aさん…60代前半。ヘロインの密輸で終身刑の元ヤクザ。気の良い人、小柄。

Mさん…40代後半。ヘロインの密輸で50年の有期刑、自身もヘロインジャンキー。

瘦せ型。刑務所内でのヘロイン使用で10回ほど逮捕され、受刑者移送条約で帰国できず。

【3番ビル】

Hさん…麻薬関係で終身刑。そのほか、父親が日本人だが日本語の話せない服役者がおり、一時期は日本大使館の面会にもきていたが、国籍はタイだったらしく、2回でこなくなった。

私を加えて、以上の10名がバンクワン刑務所の日本人服役囚だった。ビルが違う人とは普段会う機会はないので、手紙などで近況を伝え合ったりしていた。2番ビルの仲間たちとは、出房後、敷地の最奥にあったロッカールームに集まり、静かに暮らしていた。本を読んだりすることが多かったが、おしゃべりもよくした。会話のテーマは、釈放に関する話が多く、いつも特赦や嘆願、受刑者移送条約のことを話していた。

2番ビル奥のロッカールームが取り壊された後は、使われていない工場に移り、再び日本人で固まって過ごした。ときにはケンカをすることもあったが、他にいくところもないので自然とロッカーの前に集まってくる。しばらくすれば、どちらともなく謝るので、すぐに仲直りをした。

全員と気が合ったわけではないが、同胞がいるのは心強い。私たちは差し入れなどがあると、全員に行き渡るように分け合い、困っている者がいれば助け合った。塀の中の日本人互助会だ。私が異国の刑務所生活を乗り切ることができたのは、彼らという仲間の存在が大きかったと思う。

同胞に殺されかける

2番ビルディングで同胞と良好な関係を築いていた私だったが、過去を振り返れば、日本人受刑者との苦い思い出もある。2番ビルに移る前の、4番ビルディングにいた頃の話だ。

4番ビルには1人の日本人服役者がいた。Mという40代前半の男で、ヘロイン密輸で懲役50年の刑だった。4番ビルに収容された当初、Mは色々と世話を焼いてくれ、一緒のビルに日本人がいるということでほっとした思いだった。しかし、それが思い違いだったことをやがて思い知らされることになる。後で知ったことだが、彼は4番ビルだけでなく、バンクワン刑務所の囚人や刑務官にも知れ渡っているジャンキーだったのだ。

Mは毎月家族からの送金があったが、金額が少ないのかいつも金に困っていた。生活費にもことを欠くような状況だったので、私も余裕がなかったが苦しい中でやり繰りしてMに金を貸していた。Mは仕送り金が届いたら必ず返すと言って喜んで借りていった。

そんな生活を続けていたある日、Mに貸している金がいくらになっているのか整理をすると、借金が1万バーツを超えているのに気がついた。日本円にすれば3万円程度の金額だが、刑務所の中では4～5ヶ月は生活ができる大金だ。

その頃、ちょうどMに送金が届いたという噂を聞いた。さっそくMのところに行って私も持病の喘息の薬を買う都合があるので金を返してくれないかと声をかけた。だが、Mは金はないから返せないと言う。送金があったのではないかと聞くと迷惑そうな顔をして、同じことを繰り返した。その態度に怒りを覚えたが、その日は喘息で身体の調子が悪かった。後でまた話をしようと思い、寝椅子でぐったりしていると、Mがいきなりやってきて、力を込めて何かを振り下ろした。

頭に強烈な衝撃を覚えた。痛みを感じると同時に、額が切れて血がほとばしり出る。私は病院につれていかれ、額の傷の処置を受けた。凶器は魔法瓶だったそうで、2針縫うことになった。Mは麻薬の影響で異常な精神状態にあったらしい。私に借りた金も、家族からの送金もすべて麻薬につぎ込んでいたようだ。

その後、刑務官の前で話し合いの場を設けることになった。

私は懐に果物ナイフを隠して、刑務官のいる事務所に向かった。

Mが正気を失っていたかどうかは関係がない。当たりどころが悪ければ、私は死んでいたかもしれない。ここバンクワンでは弱みを見せたら終わりだ。私がMと簡単に和解するようなことがあれば、私は周囲の囚人から〝与《くみ》し易《やす》い〟と思われる。

このとき、私はMと刺し違えるつもりだった。やられたからには、やりかえさなければならないと思ったのだ。しかし、身体から殺気のようなものが出ていたのだろう。刑務官は普段やらない身体検査を突然行い、ナイフは没収されてしまった。

Mは刑務官を通じて示談を申し入れ、後日、詫び料として500バーツをよこした。薬代のつもりだったのかもしれないが、私は1万バーツの即時返却を求めて受け取りを拒否した。

話はその後まったく進展せず、Mは懲罰にもならず金を返そうともしなかった。これ以上、同じビルにいると自分が何をするかわからない。私は日本大使館に手紙を書いて、ビル移動を要請してくれるように願い出た。しばらくして移動の申請が認められ、私は日本人が多くいる2番ビルに移った。Mとは年に2度ある領事面会で顔を合わせたが、悪びれた様子はまったくない。以来、私はMとほとんど口を聞くことはなかった。

特赦と日タイ受刑者移送条約

先ほど、日本人受刑者の間の話題について記した。主な話題が釈放、つまり、特赦や日タイ受刑者移送条約についてのことだったと書いたが、特赦や受刑者移送条約についてご存知ない方もおられるかもしれないので、簡単に説明しておこう。

特赦というのは、国家元首の権限で刑の執行を免除したり、刑期の短縮を図ることを言う。日本でもかつて恩赦が出たことがあったらしいが、近年はまったく行われていない。しかし、タイは特赦大国で国王や王妃などの記念日に特赦が何度も出た。対象になるのは、国王・王妃の誕生日（タイは国教が仏教なので、12年毎に回ってくる干支の年が対象）、結婚記念日（成婚○年などの区切りの年）、在位○年などの記念日で、判決が確定している者ならば死刑囚でも特赦が受けられた。

参考までに特赦の減刑率の一例を挙げると、死刑→終身刑、終身刑→40年か50年、有期刑は殺人だと刑期の3分の1か5分の1（国王関連の特赦の方が減刑率が高い）、麻薬は6分の1、8分の1、9分の1、強姦は3分の1、5分の1（2016年8月の特赦は幼児強姦犯は減刑なし）が減刑された。この特赦はすべての受刑者が心待ちにしており、減刑されて早期に出所する者がたくさんいた。

特赦には他にも「国王嘆願」というものがあった。

これは国王に嘆願書を書き、個人的な特赦を求めるというものだ。過去には即時釈放も実現されたらしく、多くの外国人受刑者が嘆願書を作成して、国王に送っていた。だが、審査は早くても4、5年かかるという状況だった。

日タイ受刑者移送条約というのは、読んで字のごとく、日本とタイの各国で服役するタイ人受刑者、日本人受刑者を母国に送って服役させようという条約だ。タイはアメリカやヨーロッパの国々とはすでにこの条約を結んでいたが、日本とはまだだった。この条約が締結されると、希望すれば日本に帰国して、日本の刑務所で残刑をつとめることができる。

そんな中、私たち日本人受刑者に喜ばしいニュースが飛び込んできた。2009年7月、日本とタイの間で、国際受刑者移送条約締結の報が流れたのだ。帰国後の扱いについては不安はあるが、帰国への道が開けただけでも嬉しい限りだった。

当時は条約の詳しい内容が伝わってきていなかったが、以前、日本が欧州共同機構と結んだものに近いという話もあった。その条約では終身刑は無期懲役、20年以上の刑は20年に減刑、20年以下は残刑を日本の刑務所で服役するということで、タイで長期にわたり服役している日本人は、帰国後仮釈などで早期出所も考えられる。

だが、このとき私はまだ服役6年を過ぎたばかりで、残刑が20年以上もあった。帰国しても身元引受人や帰住地もないので、仮釈放を受けての早期出所の可能性もない。また持病の喘息も、日本の刑務所の厳しい寒さでさらに悪化することも考えられたので、今しばらくタイの刑務所で国王特赦や国王嘆願での減刑を待ってみようと思った。

他の日本人服役者は2番ビルのHさん（服役14年）、Yさん・Nさん（同13年）、身体の悪いKさん（同8年）、4番ビルのAさん（同16年）、ジャンキーのMさん（同10年）、6番ビルの終身刑が確定して間もないTさんも駄目元で移送条約での帰国申請をするということで、居残り組は2番ビルの私とパタヤの裁判所で死刑判決を言い渡され、ここバンクワン刑務所に5月末に移送されて来た5番ビルの日本人死刑囚Iさん（当時上告中）の2人だけになりそうだ。

国王嘆願による出所

２０１１年1月28日、日本人受刑者のYさんに国王嘆願による減刑が許可され、懲役15年まで減刑された。逮捕されたのが１９９６年5月だったので、受刑者移送条約に頼ることなく、２０１１年5月には晴れて出所できそうだ。

罪状はヘロイン1・5キロの密輸で、判決は終身刑だったが、これまで4度の特赦を受けており、終身刑↓40年↓33・3年↓29・2年↓25・9年、そして今回の嘆願での15年という流れだ。

１９９５年8月に逮捕されたHさんも、２００９年7月に国王嘆願で18年に減刑され、昨年の特赦（刑期の9分の1）で懲役16年となり今年8月の出所が決まっている。Yさんはその H さんを飛び越えての出所ということで、周囲の受刑者はみな驚いている。

Yさんは今63歳で服役15年目を迎えているが、タイでは60歳を過ぎて服役15年を超えていると嘆願が考慮されるポイントになると、嘆願決定の書類にサインをするときに言われたそうだ。

Yさんには共犯者がいた。今年50歳になるNさんで、同じ2番ビルディングにいるのだが、嘆願を同時期に出したそうなので、こちらも近々朗報が届くのではないだろうか。

Yさんはこの日、密造酒を飲んでいる時に呼び出しがあり、理由がわからないまま外の集会場へ連れていかれた。この日は月一回の各ビルの部屋長の集まりがあったそうで、約200人の囚人の前で、刑務所長自らYさんの国王嘆願による減刑を発表したという。真面目に服役生活を送っていれば早く出所できるという見本にされたようだが、一杯ひっかけている時の呼び出しで通訳の囚人に酒くさいと言われたらしく、できるだけ所長や刑務官の方を向かないようにしていたそうだ。

Yさんは刑務所で書類作成をしている囚人に3000バーツで国王嘆願書を作ってもらい、約5年前に提出、Hさんは自分の弁護士、それも後に国会議員にまでなった超高名な弁護士に国王嘆願書の提出をかなりの費用を払って頼んだという。

この弁護士は一審でHさんの弁護を担当していた。一審判決が終身刑で上告中の1996年、大きな国王特赦が出るという情報が入った。裁判中だと特赦が適用されないため、上告の取り下げを頼んだにもかかわらず、この弁護士の対応が遅れ、特赦の発表が終わってから上告を取り下げるという失態を犯したらしい。Hさんとしてはこの弁護士に嘆願を頼むのに抵抗があったようだが、家族が依頼してしまったということだ。Hさんは１９９６年の国王特赦をもらっていれば２００９年７月には出所できていたはず。いくら高名な弁護士でもタイでは当てにならないようだ。

日本人受刑者Yさんの釈放

２０１１年5月19日、国王嘆願が許可され、懲役15年に減刑されていたYさんが釈放された。

19日の午前9時過ぎ、2番ビルディングから出ていったのだが、11時頃、小包みを受け取りに行ったHさんの話ではまだ事務所（小包み受け渡し場の向かいにある）の前で、迎えの車を待っていたという。話しかけると、2番ビルを出る時に持っていた現金１０００バーツが没収されたと怒っていたそうだ。

その後は警察に送られ、入管移送の書類にサインをする。それから入管に向かう。

領事は入管に面会にくるようで、この時に写真撮影をして、帰国用のパスポートを作る。航空券は書類が揃ってからということで、事前に予約することはできないらしく、領事からYさんのもとに片道2万５０００バーツほど必要だとの知らせがきていた。

『DACO』に載っていた航空券の広告を見るともっと安い金額で売っている。片道だけで2万5000バーツというのは、日本のゴールデンウィークが終わった時期にしては異常に高く、ぼったくりとしか思えない。

Yさんが麻薬密輸を誘って、一緒に逮捕されて同じ2番ビルに服役しているNさんも、Yさんと同時期に国王嘆願を提出していたが、まだ結果は届いていなかった。誘った本人が先に釈放帰国するのに複雑な思いがあったようだ。

Yさんはバンクワン刑務所に移送されて来た当初にヘロイン所持、使用が発覚し、インサイドケース（刑務所内事件）として新たに懲役4ヶ月と15日（求刑9ヶ月だが、タイでは一審で起訴事実を認めると判決が半減される慣例があるため、半端な判決になる）の刑を科せられているのだが、国王嘆願には影響しなかったらしく、嘆願書の提出から約4年で結果が出た。提出から5年や6年も過ぎているのに何の知らせもないという者も多い中、Yさんや今年8月に出所となるHさん（提出から4年）はラッキーとしか言いようがない。嘆願の提出数が多く、中々次の段階へと動かない状況で、中には途中紛失して出し直したケースや、刑務所内から出ていなかったケースもあると聞いている。早期釈放には、やはりなによりもツキが必要なのだ。

ハメられて18年服役

祖国から遠く離れたタイの刑務所にいると、時々、どうしようもない寂しさにかられることがある。しかし、こんな惨めな境遇に自分を貶《おとし》めたのは、他ならぬ自分自身。自業自得なので、誰を責めることもできない。

日本人受刑者の多くも私と同様、ある意味、納得ずくの服役生活だったが、なかには自業自得とはいえ、不幸な捕まり方をした人もいた。それがこれまで何度か登場しているYさんと、Nさんだ。ここで2人の事件のあらましを紹介してみよう。

事件のきっかけとなったのは、あるタイ人女だった。

このタイ人女、一時期日本で働いていたことがあり、そこでYさんと知り合いになったという。その後、女はタイに帰国。タイ北部のウタラディットで暮らしていた。ある日、Yさんはこの女から仕事の誘いを受ける。ヘロインの密輸だ。

Yさんは女の誘いを受けると、Nさんを運び屋に引き入れる。Yさんは日本で服役経験があり、タイも何度か訪れた経験があったが、Nさんは日本で犯罪歴がなく、初めてのタイだったそうだ。

ヘロインの受け渡し場所は、女の住むウタラディットではなく、バンコクのサービスアパートメントの一室だった。そこにはタイ人の男がおり、2人は腰にそれぞれ1キロのヘロインを巻きつけられ、さらに500グラムのヘロインを仕込んだ靴を渡された。最後に成田経由アメリカ行きの航空券と現金1000ドルを手渡されたが、Nさんはまさかアメリカに運ぶとは思っていなかったそうで、経由地の成田で逃げてしまおうとも考えていたという。

しかし、彼らがアメリカにたどり着くことはなかった。成田に向かうために訪れたドンムアン空港で逮捕されたからだ。経緯は私とほぼ一緒だ。例の金属探知のゲートを潜ったところで厳しいボディチェックを受け、腰に巻きつけたヘロインが発覚。観念して靴の中のヘロインは自己申告したという。税関での取り調べでは、通訳についた日本人の航空会社の女性職員から日本の恥さらしと罵られたそうだ。

なぜこうも簡単に発覚したのか、Yさんはその理由をあのタイ人女の密告があったのではないかと疑っていた。タイ人女は当時、自宅を改築中で建設資金が足らないなどとしきりにぼやいていたという。タイには薬物の密告制度があり、押収できた量に応じて報奨金が出る。その報奨金欲しさに、YさんとNさんをハメたのではないかというのだ。

実際、その証拠もある。ヘロインの質だ。2人のヘロインは成分分析の結果、とんでもない粗悪品だったことがわかった。2人はそれぞれ1・5キロのヘロインを運んでいたが、Yさんのヘロイン含有量は200グラム、Nさんに至ってはわずか34グラムだった。これほどの粗悪品は売り物にならないし、こんなものをわざわざアメリカに運ぶというのもおかしい。2人が最初からハメられていた可能性は高い。

Yさんは国王嘆願による減刑で服役15年、Nさんはタイでの残刑が9ヶ月の時、受刑者移送条約で帰国、その後すぐに仮釈で釈放されたと聞いているが18年の服役生活を送っている。誘った主犯格のYさんが15年で釈放、誘われたNさんが18年とは釈然としないが、うまい話には、特に悪事が絡むと落とし穴がある。読者の方々も気をつけていただきたいものだ。

グループのボスは日本通

隣のロッカールームにいた麻薬密売グループがとうとう摘発された。

大規模な検査の結果、麻薬が発見され、リーダーをはじめとする主要メンバーはすべて懲罰房の10番ビルディング送りになり、残るメンバーも散り散りに各ビルに飛ばされることになった。

刑務官によると、空っぽになったロッカールームはしばらく空けておくとのことだったので、われわれ日本人としてはようやく平穏な生活が送れると安心していたが、ほどなくして新たな麻薬密売グループが移ってきて、また元の木阿弥だ。

新しいグループのボスは、年齢が60歳くらい。タイ人にしては大柄で、身長175センチくらいあった。日本に30年も住んでいたらしく、日本語がペラペラ。日本に日本人の妻と子どもを残してきているという。詳しくは教えてくれなかったが、東京の赤坂か六本木辺りでクラブを経営していたとき、事件に関わり数年前にタイに逃亡。麻薬と拳銃の所持で捕まり、懲役35年の刑を受け、ここバンクワン刑務所に移されてきたそうだ。

このボスに代わってからは、賄賂がきいているのか、それまで毎週のようにあった手入れがピタッと止まった。隣というだけで手入れの巻き添えに遭うことがなくなったのはよかったが、それまで以上にジャンキーや携帯電話をかける連中が集まってくるようになり、うっとうしいことになった。雑多な連中が出入りするため、少し目を離すと私のボールペンやライターが勝手に使われている。そのまま戻ってこないこともしばしばで、売り物の自家製ドーナッツまで盗み食いされる始末だ。

ボスはときどき日本食が食べたくなるらしく、何か作ってくれと私にリクエストが入ることがある。材料代はボス持ちで、調理代も払ってくれる。カレーやとんかつなど、リクエストに応じて作ると、私を含めた日本人全員にも料理を振る舞ってくれた。そのときだけは、われわれ日本人も笑顔になるのだった。

結局、このボスも麻薬の密売を派手にやり過ぎたのか、刑務官に目を付けられ、1年も経たないうちに3番ビルに飛ばされてしまった。ジャンキーが集まってきてうっとうしい半面、気前がよく我々日本人に色々とおごってくれたので、ビル移動にはみながっかりしていた。

最も危険なシャブ中囚人

ジャンキーといえば、こんな危険な囚人もいた。

2011年7月、5番ビルディングでケンカをして2番ビルディングに移動してきたシャブ中（覚せい剤中毒者）の韓国人が、同胞の首を隠し持っていたナイフで切り裂くという事件があった。

この事件はちょうど日本人受刑者のHさんが目撃していた。なんでもこの韓国人は、同胞と2人で並んでしゃべりながら歩いているときに、いきなり懐からナイフを取り出し、切りつけたのだという。2人はもめている風でもなく、怒鳴り合っているわけでもなかった。突然、豹変して切りつけたらしいのだ。

切られた方の韓国人は、首の傷口を押さえて医務室に逃げ込んだ。そのまま病院に行くことになったが、この被害者もなかなかのもので、途中で犯人を見つけ、報復しようとしたところを取り押さえられている。幸い刃は動脈までは届いていなかったらしく、15針程度縫うだけで助かったらしい。犯人は首を切った後、なにごともなかったかのように平然としていたそうだ。

犯人は事件の前から奇行癖があり、普通に話している最中にいきなり、俺の悪口を言うな、などと怒り出すことがあった。覚せい剤のやり過ぎ（当時は、刑務所内で1回分500バーツで密売されていた）で、頭がおかしくなったと言っていた矢先の事件だった。

この時は、被害者も同じシャブ中だったため、囚人たちは金の貸し借りが引き金になったのではないかと言っていた。これだけの事件を起こしたというのに、どういうわけか犯人は懲罰房送りにならず、足かせを付けられただけでそのまま2番ビルディングに居座っていた。危険だから彼には近づかない方がいいと言っていたら、また次の事件が起きた。

最初の事件からわずか3日後、今度は我々日本人居住区のすぐ隣でゲームをしていた香港人の首を通りすがりに鏡の破片でいきなり切り裂いたのだ。

この時は切られた方が大声を出して騒いだためか、犯人が興奮して暴れた。近くにいた囚人が椅子で思い切り殴り付けたということだが、犯人はビクともしない。3人がかりでも押さえ切れず、振り切って逃げた犯人を数人で追いかけて、ようやく取り押さえることができた。犯人は大勢の囚人からボコボコにされ、意識不明の状態でリヤカーに乗せられ病院行きだ。この時は切られた方は12針、犯人の方も8針を縫うケガを負ったという。

犯人は今度こそ病院の隔離棟などで保護されるだろうと思っていたが、薬を処方されただけで、3番ビルディングに移動になったらしい。

2人の首を切り裂いて、ビル移動だけというのは怖い話だ。

近いうちにまた3番ビルでも首切り事件が起こるのではないか。2番ビルディングの囚人たちは、不安と期待が入り混じった感情で、噂が流れてくるのを心待ちにしている。

レディーボーイ百景

　タイといえば、おかまショー、美人コンテストなど、ニューハーフ天国のような国だ。風俗店でも女性と区別がつかず、お持ち帰りをしたら、おかまを引き当てて逃げ帰ったなどという話もよく聞く。外にいるときは、一度、ゴーゴーバーのダンサー全員がレディーボーイの店があると聞き、怖いもの見たさで行ったこともある。

　タイの刑務所もレディーボーイだらけ、といった感じで、逮捕されたときに入れられた留置所にもレディーボーイがいたし、警察から刑務所に移送されたときも髪の毛が肩ぐらいまであるきれいなオネエサンが一緒だった。バンコクの麻薬矯正施設でもあるボンバット刑務所では、見栄えのいいレディーボーイの大半は医療棟に収容され、100人ほどのレディーボーイに獄房2つが与えられおり、ほとんど隔離状態だった。

　なかには日本語を話すレディーボーイもおり、毎週医療棟に診察に行っていた私に話しかけてくる者もいて、いつもジュースやお菓子をくれるなどとても親切にしてくれた。タイのレディーボーイは日本語を知らない者でも「おかま」という言葉はよく知っており、その言葉は使わないでくれ、などと言われた。

バンクワン刑務所にもレディーボーイはいたが、隔離するほどではなく、5番ビルディングを中心に収容されていた。新年やソンクランになると元歌手の囚人とおかまダンサー一座の各収容棟への巡業があり、歌謡ショーで盛り上げてチップ集めに精を出していた。ニューハーフを囲っている金持ちの囚人もいた。その囚人は雑居房の一部をビニールシートを使って仕切り、個室のようにして暮らしていた。バンクワン刑務所では売春するレディーボーイもいた。私が昼間いるロッカールームの傍にペットボトルなどのゴミを置く倉庫があるのだが、ときどき2人で入って行くのを目撃したのだ。聞くところでは1発500バーツ（約1500円）でお尻をレンタルしていたようだ。

ある日、6番ビルディングから刑務官と口論をしたということで、ニューハーフが1人、私のいる2番ビルディングに飛ばされてきた。年齢は20代後半、身長170センチ超、体重60キロ中盤はありそうな大きなレディーボーイで、ルックスはここでは上の方。手術はしておらず、上下ともにノーマルということだったが、誰が見たのか、下はデカイという噂だった。

蓼食う虫も好き好きと言おうか、このレディーボーイは2番ビルにきて早々、さっそく恋人を見つけていちゃついていた。その相手というのが、身長160センチくらいのいかにも貧相な感じのタイ人だったので、蚤の夫婦のようでおかしかった。

この蚤の夫婦、関係が続いたのは1ヶ月くらいで、レディーボーイはその後、別の体の大きな金持ちの囚人とくっついている。金の切れ目が縁の切れ目ではないだろうが、乗り換えたらしい。日本であれば後ろ指をさされそうなものだが、さすがはニューハーフ天国のタイ。周囲の囚人たちはまったく気にする素振りを見せない。タイという国の懐の深さを見たような気がした。

刑務所の本当にあった怖い話

タイは仏教国だが、地方に行くといたるところで精霊を祀る祠《ほこら》を見かけるほど精霊信仰が盛んで、「ピー」と呼ばれる幽霊の存在もよく信じられている。

刑務所も例外ではなく、ピーを見た、ピーがいるといった話はよく耳にした。とくに目撃談が多かったのが、死刑執行場のある病院棟の12番ビルディングだろう。

私が刑務所の病舎に結核で入院していたときのことだ。夜明け頃、入院していた末期のエイズ患者が亡くなった。タイはエイズ患者が多く、刑務所にもエイズを患っている囚人がそれなりの数いた。だが、単純な接触では感染しないといった最低限の知識は囚人みな意外と判っているようで、エイズ患者の囚人も普通に生活しており、差別されるようなことはなかった。

さて、この亡くなったエイズ患者だが、翌朝になっておかしなことを言う者が現れた。

夜中に起きていた2、3人の入院患者が、この囚人が歩いて水飲み場に現れたのを見たというのだ。亡くなった囚人は寝たきり状態で、歩くことはおろか、立つことすらできなかった。日本であれば末期《まつご》の水を取りにきたとでもいうところだろうが、タイにも末期の水はあるのだろうか。

そのほかでは、夜中に目が覚めて何気なく中庭を覗いたら、月光の光に浮かび上がった囚人服の姿を見たなんて話も聞いている。バンクワン刑務所では普段の生活はだいたいTシャツと短パン1枚で、囚人服は裁判所に行くときか、死刑囚が処刑場に向かうときぐらいに着るだけだ。

ちなみに12番ビルには、銃殺による処刑場があったが、現在では薬物による処刑方法に変わっており処刑場も屋内に設けられている。死刑執行のあるときは囚人全員、普段よりも30分早く入房させられ、テレビで放送される死刑の実況中継をみなで観ていた。

病棟には隣接してお寺があり、処刑場にはこの寺に通じる扉があった。処刑された囚人はそこから寺の中に搬送されていたらしい。私が入所したばかりのころは、バンクワンでも死刑の執行があった。処刑の終わりを告げるように、読経の声が風に乗って流れてきたのを覚えている。風の強い日など、処刑された囚人が呼んでいるような気がして、怖くなった。

ここで2句。

風運ぶ読経虚しき執行の夕

死刑房執行ライブで音もせず

ロシアの大物武器商人

バンクワン刑務所には、超がつく大物が服役していたことがある。2010年夏に収監された、ロシアの武器商人、ビクトル・ボウトだ。

ボウトは世界各地で違法な武器取引に関与した疑いで国際指名手配をかけられており、タイに滞在しているところを逮捕された。アメリカが身柄の引き渡しを求めており、ロシアがそれに抗議するなど、両国の間で激しい綱引き合戦が繰り広げられている中、ボウトはバンクワン刑務所に収監された。収容されたのは、唯一の独居房がある懲罰用の10番ビルディングだ。

外部との接触を絶つためにここに収容されたようだが、その翌日には診察を受けた病院の囚人を通して、別のビルディングに収容されているロシア人に連絡が入り、このロシア人が闇の携帯電話を借りてロシア大使館に状況を通報したそうだ。電話をしたロシア人に話を聞いたところ、ロシア大使館の職員からは、さほど緊迫した印象は受けなかったそうだ。

ボウトがバンクワンにいたのは4日ほどで、その後、空港に移送されて、アメリカに送られる直前までいったようだが、刑務所からの電話が功を奏したのか、時前に情報漏れがあったのかは定かではないが、ロシア政府の抗議によってアメリカへの移送は中止となり、またバンクワンの10番ビルに戻されている。

短期収容での移送を想定していたためか、日用品、衣類、寝具など何も与えられず、着のみ着のまま状態で厳しい状況に置かれているようだ（編集部注：ボウトはその後、アメリカに送還され、２０１２年、連邦裁判所で禁錮25年の判決を受けている）。

外国人受刑者といえば、こんなこともあった。2番ビルディングの出入口の側に果実の成る樹（7～8ミリほどの渋い実）があるのだが、踏み台を使ってその実を取ろうとしていたデンマーク人が、台から足を踏み外して、高さ1メートルほどの鉄製の垣根（乗り越えられないように上部が矢尻状になっている）の上に落下。矢尻状の物が右脇腹に突き刺さり、抜けなくなったため、根元から鉄鋸《てつのこ》で切断して病院に運ばれる騒ぎがあった。

鉄柵は幸い肋骨で滑っており、内臓は損傷しておらず、抜き取った後は平気で歩いていたらしいが、その後、傷口からばい菌が入ったのか傷口がふさがらず、予断を許さない状況だという話が伝わってきている。

このデンマーク人は以前もプラーニン（ティラピア）という魚の料理中にヒレで指を切り、放っておいたところ、化膿して腫れ上がり、指を切断治療したことがあった。バンクワンではケガを放置しておいたために破傷風になった、などの話をよく聞く。足を切断した囚人もいるらしい。日本とは違う衛生環境なので、軽いケガでも十分な注意が必要だ。

日本人受刑者Kさんの獄死

たとえ年老いたとしても釈放されるのはまだ幸せだ。なかには長い服役生活で身体をダメにしてしまい、獄死するケースもある。日本人受刑者Kさんもそうだった。

Kさんは当時60歳くらい。罪状はMDMA（エクスタシー）6000錠の営利目的の密輸で判決は終身刑だった。在日コリアンで、日本に母や姉がいると言っていたが、手紙を出しても返事がない音信不通の状態だった。Kさんはクセのある性格で、他の日本人受刑者とはあまり仲がよくなかった。麻薬密売グループと付き合いがあり、彼らの見張りをしたり、麻薬を預かったりして生計を立てていた。見張り料は1ヶ月5000バーツと食事と聞いていた。

ある年の領事面会、日本人が一堂に会しての診察で、Kさんだけが健康面で指摘を受けた。大使館の医者は身体に異変があるので、精密検査を受けた方がいいと言う。

しかし、タイの刑務所は検査を受けるのも自腹。大使館が費用を負担してくれるわけではない。Kさんは領置金がなかったので、結局、大使館の職員が教誨《きょうかい》にきているカトリック教会に頼み込んで、検査費用の1万5000バーツを負担してもらうことになった。

病院での検査の結果、手術した方がよいと言われたようだが、教会もそこまでの面倒は見てくれない。そのままKさんは放置していたが、1年を過ぎたころ、腹部の痛みがおさまらなくなり病院に搬送、前回の検査結果との因果関係は不明だが、腎臓の状態がかなり悪く緊急手術が必要だということになった。手術費用は9万バーツ、日本円にすると約27万円と高額だ。

こちらも当然自腹になるのだが、さすがに命にかかわるということもあって、最終的にKさん5万バーツ、日本大使館4万バーツの負担で手術できることになった。大使館は日本にいるKさんの家族にどうにかして連絡をつけて、5万バーツを用意させたのだろう。しかし、もしこの5万バーツが用意できなければどうなっていたのか。見殺しにされていたのだろうか。

バンクワン刑務所の受刑者が手術をする場合、バンコクのラジャオ刑務所に移送されることが多かった。ラジャオには6階建ての立派な病院があったからだ。しかし、Kさんはラジャオではなく、所外の公立病院で腎臓摘出手術を受け、人工透析用の管を通したと聞いている。

Kさんは術後、ラジャオの刑務所病院に移された。経過は順調だったらしく、それからバンクワン刑務所の病舎に戻され、毎週、人工透析に所外の病院に通っていたらしい。しかし、なんらかの原因で病状が悪化し、またラジャオに移されてそこで亡くなったということだ。この話は、バンクワン刑務所の医務室で医療補助をしている囚人が、医者から聞いたと私に教えてくれた。

人工透析を受けている親しいパキスタン人の囚人によると、透析費用はすべて自己負担で、毎週1回で1万バーツはかかるという。Kさんは所持金がほとんどなかった。透析費用を負担できずに、放置された上での獄死でないことを祈る。

他国の事情を見ると、受刑者移送条約による帰国は、条約が締結されてから1年ほどで実施されることが多かった。しかし、日本の場合は２０１３年8月で条約締結から3年が過ぎようとしていたのに、帰国の話がまったく進んでいなかった。Kさんも移送を希望していた。もし、移送条約による帰国が速やかに実施されていれば、Kさんは亡くなることはなかったのかもしれない。異国の地で獄死を遂げた心中はいかばかりのものだったか。その無念を思うと、胸が詰まる思いがした。

日タイハーフの服役者

２０１４年12月20日に定例（6月と12月年2回）の領事面会があり、バンクワン刑務所の日本人受刑者が面会場所に全員集合した。領事面会というのは、文字通り、日本大使館の領事による面会で、年に2回行われる。その刑務所にいる日本人は全員参加することになっている。

面会には領事が書記官や医務官といった大使館職員を伴って現れる。面会といっても医務官による診察が主で、健康診断をしてくれるのだが、ここで異常が見つかっても薬をくれるわけではない。医療支援は一切なく、たとえ病気が見つかっても刑務所に報告するだけだ。

私は領事面会のたびに、喘息薬を所望し、妻との連絡を要求し、他の服役者に対する支援を要請したが、ほとんど叶えられなかった。大使館の対応は領事によって異なったが、事なかれ主義の者が多く、私は直接会うことはなかったが、面会にくるなり受刑者に対して「お前は死ぬまで刑務所だ」などとのたまった領事もいたらしい。

面会の呼び出しのときに、日本人受刑者全員の名前が記載されたリストが渡されたのだが、そこに見慣れない日本人の名前を見つけてびっくりした。どうやら知らないうちに、日本人が入所していたらしい。日本人が入ってくれば、すぐに所内で噂になる。たとえ、ビルが違っていても情報が届いてきそうなものだが、新入りがきたなど噂にも耳にしなかった。いったいどうなっているのか。

不思議に思いながら面会場（建物の外に設けられた医務室）に向かった。医務室に着いたときには、新しい日本人はすでにきており、領事と面談中だった。面談が終わったら話ができるかと思っていたが、私たちには脇目も振らず、すぐに自分の3番ビルディングに戻ってしまった。

大使館の邦人保護班の職員によると、彼らも新しい日本人の存在は把握していなかったそうで、今回、私たち日本人受刑者との面会を申請したとき、刑務所側から日本人がもう1人いると言われて初めて知ったそうだ。逮捕時から数えると4年は経っているだろうに、いったいその間、なにをしていたのだろうか。

しかし、彼の経歴を知って理由が飲み込めた。この日本人は、年齢29歳で父親が日本人、母親がタイ人のハーフだった。国籍は日本だが、タイで生まれ、タイ社会の中で育ったために、日本語はほとんど話せない。日本に行ったこともなく、パスポートも持っていないだろうということだった。父親の日本人はバンコク在住らしいが、息子の逮捕を大使館に届けなかったらしい。罪状はヤーバーの営利目的所持で、所持量は約1万5000錠。裁判で争っているらしく、一審は求刑死刑で判決も死刑、二審で終身刑に減刑され、いまは最後の三審の結果を待っているところだという。

事件内容は、本人の主張によると友人から預かり、別の友人に届けたバッグの中身がヤーバーで、内偵中の警察官に届け先で捕まった。本人はバッグの中身がヤーバーだったとは知らなかったと言っているそうだ。騙されてヤーバーが詰まったカバンを届けたという下りは、終身刑が確定し、6番ビルディングに服役している日本人Tさんとまったく一緒。ここではよく聞く話だ。

肝心なのは、共犯者の証言だろう。この若者は何も知らなかった、と共犯者が証言しているならば判決は大きく変わるかもしれない。

バンクワンでは、裁判前は事件の主犯がすべて罪を被るなどと言っていたにもかかわらず、死刑求刑を受けた途端に前言をひるがえし、共犯者に罪をなすりつけたなどという話もよく聞いた。

6番ビルディングのTさんは裁判が進むたびに、主犯格の証言が変わるので諦めの境地になったと言っていた。日タイハーフの若者は、はたして三審で減刑を勝ち取ることができるのだろうか。

【第六章】 服役すること14年、ついに釈放帰国

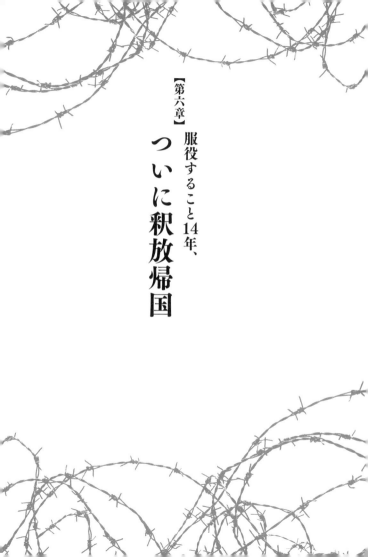

2番ビルに独りきり

２０１４年9月18日、日タイ受刑者移送条約によって、Nさんが帰国した。私が移動してきたとき、５人いた2番ビルディングの日本人受刑者はとうとう私１人になってしまった。

他の囚人たちは私も帰国するものと思っていたらしく、どうして残っているんだとしきりに声をかけられた。刑務官からもなんだお前も帰国するんじゃなかったのか、と言われてしまった。私は帰国しても日本の刑務所からすぐに出られない、ここに残っていまの商売を続けている方が日本の刑務所で仕事をするよりも稼げるから残るんだ、と言うとみな笑っていた。

同胞はいなくなり寂しさはあったが、清々した気持ちもあった。もともと私は適応力はある方だ。外国人受刑者やタイ人の囚人とは、英語の辞書やタイ語辞典、日本語とラオス語会話帳(ラオス語はタイ語によく似ている)を駆使してコミュニケーションをとれたので、それほど孤独は感じなかった。

この年の12月で、私の服役生活も12年になる。50歳のときに逮捕・下獄したので、すでに62歳だ。

二審で確定した懲役30年の刑期は、２００７年12月の国王80歳の特赦を皮切りに、計4度の特赦を受けて、17年3ヶ月にまで減刑が進んでいた。満期まで務めたとしても、あと5年3ヶ月。囚人たちの噂では、この後も大きな特赦が何度かありそうだという。当初は生きて出ることは不可能だと思っていたが、このまま行けばなんとか生きて日本の地を踏むことができそうだ。

タイでは特赦は刑期が確定している者しか受けられない。だが、いくつかルールがあって、刑期確定後の最初の特赦はスルーされ、2度目から適用される。私が逮捕されたのは２００２年12月18日で、三審での判決が確定したのが２００４年12月。判決確定の前と判決確定後、合わせて2度の特赦があったが、それは受けることができなかった。タイでは薬物犯に対する風当たりが強く、殺人犯が5分の1の減刑を受けられるときでも、薬物犯は8分の1から9分の1程度の特赦しか受けられない。それでも三審まで争わず、二審で判決を確定させていたら、私はきっとすでに釈放されていただろう。

外では年齢よりも若く見られた私だが、60歳を超えてめっきり老け込んできた。眉毛は伸び放題で、尾を引いたような爺さん眉毛になった。目は水晶体にゴミが入ったのか、飛蚊症になって目の前にいつも糸くずのような物がちらつく始末。老人性のシミも各所に現れた。そして、きわめつきは下の白髪だ。水浴びなどで新しいものを見つけるたびに、がっくりきてしまう。

駆け巡る特赦の噂

2014年12月、所内を特赦の噂が駆け巡った。

発端は、シンガポール出身の受刑者だった。この囚人、シンガポール大使館の面会に行ったところ、領事から王女60歳を記念して、来年4月に特赦があると聞いたという。それもかなり大きな特赦で、殺人犯は刑期の3分の1、薬物犯でも刑期の6分の1の減刑を受けられるらしい。

噂は瞬く間に所内に広がり、囚人たちは色めきだった。私の残刑は17年4ヶ月、噂通りの特赦が出れば、14年5ヶ月まで減刑される。そうなれば釈放まであと2年だ。

特赦は実施されるまで、本当にあるかわからない。それまでも期待しては裏切られて落胆するということが何度もあったのだが、年が明けた2015年3月31日、ついにテレビのニュースで王女60歳の減刑特赦のニュースが流れる。報道によると、今回の特赦でタイの刑務所の全服役者の1割に当たる3万5000人が釈放される見込みだという。

ただし、減刑率は噂よりも少なく、殺人で現刑の5分の1、麻薬で現刑の9分の1だった。6分の1を期待していたので嬉しさも半減というところだったが、喜ばしいことに変わりはない。

4日後の4月3日、刑務所の掲示板に特赦に関する詳細が書かれた紙が貼り出された。死刑囚は終身刑に、終身刑は懲役50年に減刑。有期刑は、4クラスある刑務所の処遇級によって減刑率が変わり、麻薬事犯の場合、1級者は9分の1、以下クラスが下がるごとに、10分の1、11分の1、12分の1でクラスなしの場合、減刑率はゼロだった。

特赦によって刑期が終了すると、これまでは特赦の翌日に釈放されていた。しかし、今回の特赦は連休があり、事務手続きが遅れたのか、釈放されたのは4月10日だった。釈放者は私のいる2番ビルディングで12名、バンクワン刑務所全体では120名ほどが釈放されたらしい。2番ビルの釈放者のうち、もっとも長く服役していたのは薬物犯の24年、短かったのは殺人犯の14年だった。

タイでは2004年から特赦が頻発しており、今回で7回目。タイミングよく特赦をもらえていれば、殺人犯でも終身刑で服役12年、死刑囚でも服役15年程度で釈放されたことになる。その中には連続殺人犯や、子どもを強姦したような囚人もいたことだろう。特赦が出たことは嬉しかったが、そうした者が野放しになることを思うと、喜んでばかりもいられない気がした。

厳しさを増す処遇

この特赦の決定と前後して、バンクワン刑務所の処遇が突然厳しくなった。この刑務所の規則の緩さと、そこからくる囚人、刑務官の不祥事の数々はたびたびテレビを騒がせていたので、刑務所もようやく重い腰をあげたということだろう。

2015年5月29日、まず手始めに朝礼で所持品の種類と量を制限することが発表された。これまで所持品は比較的自由だったが、すべてのダンボール箱やテープル、余分なバケツなどが処分されることになった。衣類も同様で、上下5枚ずつを残して後は面会などにきた家族に引き取ってもらうか、それができなければ廃棄処分ということになった。

しっかり処分したかどうか、刑務所の保安部による視察もあった。不合格と判断されれば、2番ビルディングの囚人全員を5番ビルディングに移すと脅された。朝礼後、私たちは全員で荷物の整理に追われ、ゴミ捨て場はがらくたで山積みになり、まだ着られそうな服も大量に捨てられることになった。

6月17日には、朝礼で7月から調理禁止の通達が出た。とうとうきたかと思った。私はこのときすでに自炊を止めていたので特に問題はなかったが、菓子やおかずなどを作って売っていた囚人は大変だろう。生鮮食品のオーダーはすべてストップされるようだが、その分、オーダーできるおかず類は増えるらしい。個人的にはオーダーの幅が増えるのは嬉しかった。やりたい放題だったバンクワン刑務所も、次第にまともな刑務所らしくなってきたようだ。

8月になって、2番ビルディングを改装することになった。改装が終わるまで、私たち囚人は一時的に4番ビルディングに移された。

9月4日、改装が終わったということで戻ってみると、見慣れた光景が一変していた。出房後に過ごしていたロッカールームのロッカーがすべて撤去されており、がらんどうの状態になっている。あるものといえば、壁に沿ってコの字型に並べられた新しいロッカーくらいで、ロッカーに残していたものはすべて処分されていた。

ダイニングルームの一部に設置されていた教室2部屋（タイ語の読み書きができ

ないタイ人受刑者に文字を教えていた。他に英語や中国語の講習もあった）、図書室、医務室はすべて取り壊されており、ダイニングルームに統合されている。

新しいロッカーは前のものより大きかったが、2人1組で1台を使うことになった。それでは到底荷物が収まりきらない。

獄房への入室時、菓子を含めた飲食物はすべて持ち込みが禁止されることになった。持って入っていいのは、本1冊と筆記用具、それと透明なボトルに入った水2本だけという厳しい状態になった。タオルさえ持ち込みできないので、暑くても汗も拭けず、トイレの後、洗った尻を拭くのをTシャツで代用している状態で、室内で水浴びをする囚人もほとんどいなくなってしまった。

一番痛かったのは、この所持品大処分で教室のロッカーに預けていた聖書やタイ語会話、英会話の本などの大部分が処分されてしまったことだ。残っていたのはラオス語会話の本1冊だけで、重宝していたタイ製の日タイ語辞典がどうしても見つからなかった。このままでは日常生活に支障をきたしそうだ。

これらと前後して、郵送で送られてきた小包みや面会での差し入れが全面的に禁止された。また、携帯電話などを探すために、しばしばビルを移動させての大規模な検査が執拗に行われた。ここまで厳しくしてどうするつもりなのか、刑務所側の考えが読めずに囚人たちは不安になっていた。

離婚届を受理してくれない

２０１５年11月のはじめ、私は本籍のある神戸市東灘区役所にタイ人妻との離婚届けの用紙を郵送した。

タイ人妻とは、彼女が２００６年に強制送還に遭い、タイに帰国したときに一度面会にきてくれて以来、10年近くも会っていない。事実上の離婚状態だったが、釈放が見えてきたいま、関係を整理しておきたいと思ったのだ。

しかし、役所が離婚届けを受理してくれない。返送されてきた離婚届に添えられていた文書によると、なんでも私と妻が日本に常居所がないため、日本法による離婚の届出ができないのだという。お互いに離婚を了解しているのに、日本人の私の届け出を日本の役所が受理できないとは、法律とはいえおかしなことだ。

私の方から妻には連絡をとる手段がない。離婚の手続きは釈放後、帰国してから神戸の役所でするほかなさそうだ。私には日本に家族はない。離婚届を書いていると、とうとう1人きりになったかという寂寥感を覚えたが、その反面、重荷が取れて身軽になったという感じもした。

所持品検査のためのビル移動が続いたため、このところまったく商売ができず、無収入状態が続いている。帰国時に持って帰れる金が大幅減になりそうだ。金額次第では釈放後はO市に帰り、アジア雑貨店を再開しよう、などと思っていたが、この分では人材と資金の面でまず難しそうだ。

2番ビルディングに戻って落ち着いてから、収入源を補うためにクッキーやケーキなどの小売を始めた。1パック300グラム60バーツのクッキーを買い、それを4つに小分けにして1袋20バーツで売る。4つ売れれば、20バーツの儲けだ。クッキーは1日15袋ほど売れている。この分だと菓子類だけで1ヶ月3500バーツほどの利益が上がりそうだ。

はっきりしたことは言えないが、釈放まではもう1年は切っているはずだった。これからは日本に持ち帰れる金を少しでも増やすために節約をしなければならない。

食事代は以前は1日100～120バーツくらい使っていたのを、最近は多いときでも80バーツに押さえている。売り物のクッキーを小分けにしたときに2～3枚あまるので、それをおやつにしている毎日だ。

14回目の塀の中の正月

年の暮も迫った、2015年12月29日。まだ夜も明けきらぬ5時50分に、警察による獄舎の手入れがあった。どうやら年末の形式的な手入れだったらしく、出房時の身体検査はほとんどせず、手入れの人数も刑務官を含めて20名ほどと過去最少。46室ある雑居房のチェックもわずか20分で終わってしまった。久々に尿検査も行われ、こちらの方はやや時間がかかり、舎房に戻されたときには7時を回っていた。

2016年1月1日、タイの刑務所でまた正月を迎えてしまった。ボンバット刑務所で1回、ここバンクワン刑務所で13回なので、合計14度目の塀の中の正月だ。

懲役30年の長期刑ということで、これまで新年を迎えても残刑を考えるとめでたくもなんともなかった。が、これまでの5回の減刑特赦でいま刑期が15年4ヶ月まで減刑され、今年の6月には国王成婚60年の特赦が確実視されている。おそらく、いや、ほぼ間違いなくこの特赦で釈放帰国できるはずだ。つまり、残る刑期はあと半年。ようやくめでたいと言える新年を迎えた思いだ。

正月と言っても自炊禁止となったため、ほとんどの囚人は普段と同じか、オーダーしたおかずが一品増えた程度だった。

1月6日、薬事犯の服役者はすべてバンコクの4ヶ所の刑務所（ボンバット、ラジャオ、クロンプレム、スペシャル）に分散して移送、替わってバンコクの刑務所の殺人事件による受刑者がバンクワン刑務所に移され、バンクワンは殺人犯だけの刑務所になる、という噂が流れた。話の出所は2番ビルディングのビルディング長だという。

1月8日、判決終身刑で刑務所の処遇級最上級（エクセレントクラス）の囚人100名のバンコクのクロンプレム刑務所への移送が決定したとの通知が出る。薬事犯の楽園だったバンクワン刑務所がいま静かに解体されようとしている。

刑務官は警棒でシバく

2016年1月20日、面会に行った囚人が5番ビルの囚人から、いま刑務所移送用の足かせを500個作っていると言われたと報告してくれた。

足かせは2人でひとつ（片足ずつ）なので、1000人分。麻薬犯と殺人犯の入れ替えは、近々、本当に実施されるようだ。

1月23日、入房時の点呼の後、セカンドチーフの話があったが、その最中に奇声をあげた囚人が休日の応援にきていた刑務官に連れ出され、みなが見ている前で警棒でバシバシ叩かれていた。保安部から応援にきていた刑務官のようで容赦がない。

セカンドの話は、25日か26日、外の警官の大きな手入れがあるので注意しろという忠告だった。こうして事前に手入れの話が漏れているのだから、まったく意味がない。先日、死刑囚房のギャンブル場で携帯電話が見つかって以来、捕まえた囚人を連行しての現場検証、取り調べが続いている。その囚人は関係している者の名前を自白させられたようで、一般房の囚人が芋づる式に連れ出され、厳しい取り調べを受けている。もうすでに6名ほどが懲罰房のある10番ビルディングに送られた。

死刑囚のギャンブル場の手入れでは、携帯の他に多額の現金も押収されたようで、現金を預かっていた売店の囚人も10番ビル送りになった。翌日の朝礼では、ギャンブル（サッカー賭博、宝くじのナンバーズなど）の禁止令が出された。

1月29日、薬物事件で終身刑の判決を受けた囚人50名（2番ビルは9名）が、バンコクのクロンプレム刑務所へ移送され、入れ替わりにバンクワン刑務所に送られてきた終身刑の殺人犯50名の内3名が2番ビルにくる。次の日、そのうちの1人が私に会いにきた。彼は父親が日本人だそうで、2番ビルディングに日本人がいるときいて、顔を見にきたという。

日本語は日常会話レベル以下で、ほとんど話せないため、タイ語を交えて会話していたら、タイ語がうまいですね、とほめられた。金銭トラブルで3人射殺して終身刑だと言っていたが、特赦が大盤振る舞いのいまの状況では、12年から15年、新たに実施され始めた仮釈放をもらえれば、早ければ10年くらいで釈放されるだろう。3人殺して懲役10年、それにしても命の軽い国だ。

タイ人受刑者の恩返し

2016年2月1日、8番ビルディングに手入れがあり、敷布団に隠してあった携帯電話が2台と多額の現金が見つかったということで、8番ビルの囚人230人中50人が懲罰の10番ビルディングに送られ、残りの180人は4番ビルに移動させられた。唯一、刑務作業場（家具工場、縫製工場）のあった8番ビルを閉鎖して徹底的なチェックを行うようだ。

刑務所の規律はますます厳しさを増しており、この8番ビルの事件の余波で、全舎房から敷布団が撤去された。代わりに囚人には毛布が2枚支給されたが、コンクリートにビニールを敷いただけの床に毛布2枚では、さすがに痛くて眠れない。

セカンドチーフの指示で所持品の獄房への持ち込みがさらに厳しくなり、この日はマスクに医薬品も入房時没収になった。このセカンドチーフは2番ビルディングに配属されて9ヶ月ほど経つが、毎日朝から一日中怒鳴り散らしており、よく疲れないものだと感心する。同房には毎週2回、外部の病院で人工透析を受けているパキスタン人がいたが、飲まなければ命にかかわるような薬まで没収されていた。それで死んでしまったら、どう責任をとるのだろうか。

2月17日、入房後の午後4時半頃より、2番ビルの囚人と5番ビルの囚人の総入れ替えが死刑囚房から始まった。5番ビルに持っていけたのは、毛布3枚とラオス語会話の本（前回の移動でただ一つ処分をまぬかれた本だ）、喘息のスプレー薬だけで、ロッカー内の荷物は着替えさえ持ち出せず、着の身着のままでの移動になった。今回は以前あったような一時的な移動ではなく、本当のビル移動のようだ。

ロッカーに残した荷物はすべて処分されるという噂が広まった。ロッカーにはタバコやコーヒー、雑貨など売値にして8000バーツほどの品物がある。惜しかったが、現金（2万7000バーツ）だけは万が一に備えて、数日前に刑務所に預かり金として編入していた。いまはそれだけでよしとするしかない。

翌日、朝7時過ぎに出房する。5番ビルの囚人たちも何も持ち出せなかったらしく、物干し場の洗濯物がそのままで、ロッカーの鍵もかけられたままだった。それを見て、一部の囚人が着替えがないと言って、洗濯物を勝手に持ち去ってしまった。刑務官が黙認したため、突如、ロッカーの鍵を壊しての略奪が始まった。早い物勝ちの状態で、興奮した囚人たちが次々とロッカーを破っていく。刑務官はそれでも見て見ぬふりだ。私は体力的に厳しいのでこの騒ぎに加わらなかったが、戦利品のあった親しい囚人が後で着替え用のパンツとシャツを分けてくれた。

多分2番ビルも同じ状況だろうと思っていたが、午前10時頃からゴミ袋に詰め込まれた私物が順次運び込まれ、各自に手渡された。あれがない、これがないという声が上がる中、「これはジープン（日本人）のもの」と言われて、私の荷物が届けられた。

どういうわけか、私の私物は売り物に至るまですべて揃っている。後で聞いた話によると、所持金がないため刑務所のゴミ出しや清掃をしていた、見知っている囚人が2番ビルのロッカー整理に借り出され、私のロッカーの荷物をすべて詰めて保管してくれていたという。私は彼によくタバコやコーヒーをあげていたので、恩を返してくれたのだろう。その誠実さに報いる意味で、後で彼に商品の中からタバコ5箱とコーヒーを進呈した。荷物が無事だったのだ。それくらい安いものである。

戸籍謄本の申請に難航

２０１６年5月18日、２月以来、４回目の収容ビルの移動でいま6番ビルにいる。どうやらこのまま6番ビルからの釈放出所になりそうだ。

6月の国王特赦も近いということで頭を刈り上げにしてもらったが、髪が伸び頭がかゆいので、刑務所にきて以来、初めてシャンプーを買った。

昨年8月からの頻繁なビル移動で、私の刑務所内での商売は8月以降中止に追い込まれている。所持金も出ていく一方で、当初、少なく見積もっても30万バーツは持ち帰れると思っていた現金も、帰国用のエアチケット、衣服、帰国後のアパートの入居費用を払えば、ほぼなくなりそうな状況だ。30万バーツあれば逮捕当時開いていたアジア雑貨の店を再開して自活できると思っていたが、このままだと生活保護を申請しなければならないだろう。

ときどき面会にきてくれている『ＤＡＣＯ』の読者の方が、帰国後のことについて色々と調べてくれた。逮捕当時住んでいた栃木県O市に戻るつもりだと言うと、O市役所と連絡を取ってくれた。住民登録をしないことには先に進まないらしく、帰国したらすぐに戸籍謄本を持参し、住民登録のために市役所の市民課を訪れてほしいという。そこで本籍のある神戸市東灘区役所に戸籍謄本の申請を行った。手数料代わりに切手シート820円分を同封して送ったが、海外からの戸籍謄本の申請には①戸籍謄本交付申請書、②申請者本人の確認資料のコピー（有効期間内のパスポート、IDカード等）、③現地住所の確認できるもののコピー、④手数料と送料を合計したものの国際為替の4点が必要で、今回は要件を満たしていないとして、差し戻されてきた。

戸籍謄本が届かないと、帰国便は関西航空着で、一度、神戸に行き、戸籍謄本を手に入れてからO市に戻るしかない。無駄な出費がかかりそうだ。戸籍謄本の申請はその後も続けたが、うまくいかなかった。釈放までに揃うのか不安になった。

悲しみから一転、喜びの発表へ

2016年6月8日、国王成婚60年記念日の前日だというのに、私を含めた60名の囚人が6番ビルディングから3番ビルディングに移された。ひょっとして特赦が出ないのでは、と不吉な考えが頭にちらつく。この日は後からナコンシータマラート刑務所から殺人犯の囚人30名が到着し、明日の特赦の発表がますます怪しくなる。

6月9日、ギリギリまで期待をしていたが、朝礼で特赦の発表がなくがっかりする。今回はカラ振りに終わったようだ。周囲のタイ人たちは6月の特赦はロイパーセント（100％）だと言っていたが、タイの100％はつくづくあてにならないと痛感した。

囚人たちの頼りない噂によると、今回はダメだったが、8月12日の王妃84歳の誕生日には確実に特赦があるという。誰に聞いてもロイパーセントだと言っている。がっかりしている私を見て、周囲の囚人が「アパイ・マーレオ（特赦の知らせが届いている）」「ガパン（釈放）」「ゴーホーム」などと盛んに励ましてくれた。8月12日なら、あと2ヶ月の辛抱ではないか。そう考えて、なんとか立ち直った。

6番ビルから3番ビルに戻されて以来、私は外国人部屋に収容されていた。隣の囚人から明日は休日かと聞かれたので、英語で休日だが囚人は毎日休みだ、いまはロングバケーションでバンクワンホテルに長期滞在中で無料で2食付きだ、私は13年も滞在していると言ったら、俺は10年、俺は何年だ、といった声があちこちから上がり、みな笑っていた。ここ2年、英語を話す囚人と寝食をともにしていることもあって、私の英会話もかなり上達したようだ。

7月22日、朝礼でついに8月の減刑特赦の発表があった。噂通り、8月12日に王妃84歳の減刑特赦があるという。問題を起こすと特赦がもらえなくなるので注意して過ごすようにと注意を受けた。その後、今回の特赦で釈放される囚人が呼び出しを受けて、DNA検査を受けた（釈放時、すべての囚人のDNAを登録するようだ）。集められたのは私を含めた25名。釈放はほぼ100％間違いないようだ。

8月9日、全員が集会場に集められ、オフィスの刑務官から正式に8月12日に王妃84歳の減刑特赦がある旨の説明があり、翌10日に特赦による減刑率の記された書類が掲示板に貼り出された。

死刑は終身刑、終身刑は50年に減刑。有期刑は殺人の場合、現刑の3分の1の減刑、営利目的の麻薬所持は6分の1、少量の麻薬所持は5分の1、15歳以下の子どもに対する強姦罪は特赦なし、16歳以上に対する強姦罪は3分の1、未成年の受刑者も3分の1、女子受刑者は一律2分の1ということだ。終身刑は以前なら40年に減刑だったが、今回は50年と辛く、15歳以下の子どもに対する強姦も減刑なしと非常に厳しい。前評判では殺人も麻薬も3分の1なんて噂だったが、結局、麻薬は6分の1で以前と同じだ。

女子の2分の1は王妃の特赦ということだろうか。女子刑務所はどこも超過密状態で、本当なのかジョークなのか、バンコクの女子刑務所では入房後、まず室の人数の半分が就寝して夜中に起き、残り半分が交替して就寝するなどという話が伝わっていたほどだった。超過密状態を解消するという狙いもあったのかもしれない。

この特赦で私の刑期は、12年10ヶ月になった。この時点で服役は13年9ヶ月に及んでいたので、もう完全に刑期を終えたことになる。13年9ヶ月……。これまでの辛く長かった日々を思うと、胸に熱いものがこみ上げてくる。この生活もついに終わりだ。最初は生きて帰るのは絶対に無理だと思っていた。年齢こそ重ねてしまったが、五体満足で日本に帰ることができる。私はかつてない解放感に浸っていた。

今回の特赦の正式発表で釈放者が私のビルだけで新たに20人ほど追加され、合計で45名になった。バンクワン刑務所全体では、170名ほどが釈放されるという。

これまで2回の減刑特赦で今は一般収容ビルの6番ビルディングにいる、元死刑囚Iさんも3分の1の減刑ということで一気に刑期が縮まった。2017年、2020年にも特赦があるという噂があるので早ければ、2020年に服役13年ほどでの釈放帰国もありそうだ。

ときどき面会にきてくれていた日本人支援者のNさんが、タイ人の妻から母の遺骨と位牌を受け取ってくれていた。妻は日本から強制退去するとき、母の位牌と遺骨をタイに持ち帰ってきていたのだ。Nさんは私の釈放が2ヶ月延びたため、7月はじめに帰国予定だったところを2ヶ月ビザを延長してくれていた。母の遺骨はまだ保管しており、私の帰国時に持ち帰れるよう手配をしておくので心配ないという。私はほっとした。遺骨は7キロほどもあるとのことで、抱えて持っていく元気もないので、ザックを手に入れ背負って帰国しようと思った。

ここで一句。

釈放も罪の代償多かりし我故里に待つ人も無し

釈放後の警察所での2日間

特赦による減刑釈放が決まった後も、なかなか釈放が実行されなかった。散々待たされて、待ち疲れた2016年8月31日、ついに朝礼で刑務所長から本日の釈放を告げられる。8月12日の王妃84歳の減刑特赦で刑期満了となってから19日目でのようやくの釈放に囚人から歓声が挙がる。規定では特赦から120日以内の釈放になっているとのことだ。

午前11時より釈放手続きが始まるも、約170人の手続きが終了したのは午後4時過ぎで、その間、タイ人の囚人2名が、刑務所内での麻薬使用の別件があるとのことで釈放が取り消しになる。釈放当日の発覚など嫌がらせとしか思えない。

　タイ人は手続きが終わると即釈放になったが、外国人とチェンライ方面に無料送迎されるタイ人は引き続き所内で待機し、午後5時過ぎ、ようやく近くのノンタブリ警察に送られ、外国人はここで強制送還のため、入管移送待ちとなった。

　チェンライ方面移送組の中には、家族が出迎えにきている者もおり、その場で解放される。留置場の先客は5人程でガラガラだったが、私たちがきたことで一気に満員になった。隣の房には麻薬所持で捕まった20歳過ぎのタイ人女性が入っていて、一緒にきたタイ人が金をやるからオッパイ見せろ触らせろなどと言っている。他に留置所に入っていたのは、不法滞在のラオス人たちだった。

　午後6時過ぎ、夕食が支給された。しかし、数が全然足りない。私を含めた10人ほどが60バーツのカオマンガイと水のセットを注文した。

　午後7時過ぎ、ミャンマー人、ラオス人、カンボジア人が入管に移送される。8時頃、不法滞在らしいミャンマー人とラオス人が5人はいってくる。そのうち1人はタイ人だったようで、家族が迎えにきて釈放される。

　午後9時過ぎ、警官が来て今日中に入管に行きたければ1人1０００バーツを払えと言われた。残っていた約20人は全員支払うも、午後10時過ぎに今日は行けないと言われて返金される。

11時過ぎに先に入管に移送されたミャンマー人たちが警察に戻ってきた。どうやら書類に不備があり、戻されたとのことだ。みな疲れ切っており、年寄り1人が抱きかかえられて入ってきた。年寄りはとくに処置を受けるわけでもなく、ヤードム（嗅ぎ薬）を嗅がされて奥に寝かされた。さすがはタイ、マイペンライ（気にしない気にしない）の世界だ。

9月1日、昨晩はあまり寝付けなかった。朝食はご飯とスープが出た。近くの食堂で作っているらしく、ご飯がおいしい。

9時過ぎ、ミャンマー人たちがまた先に入管に移送される。昼飯は注文を取りにきたので、またカオマンガイを頼む。

午後3時に警官がきて、今日中に入管に行きたければ1000バーツを払えとまた言われ、仕方なく全員が支払う。午後4時過ぎ、ようやく入管に向けて出発した。途中、大渋滞に巻き込まれ、到着したのは午後7時過ぎだった。入管はこの時間でも手続き待ちの外国人で溢れており、入り口で強制送還で空港に向かうナイジェリア人の一団とすれ違った。

刑務所より酷い恐怖の入管

入管は5階ほどのビルで、今日捕まったと思われる120名ほどの外国人が、1階の収容室と広場に分散して待機していた。順次、写真と指紋をとられており、バンクワン刑務所組も待機させられる。

我々の近くには赤ちゃん、子どもを連れた20人ほどの一団がいた。韓国語が聞こえてきたので韓国人だと思っていたら、北朝鮮人だと教えられてびっくりする。どうやら脱北者だったようだ。

すべての手続きが終わったのは、午後10時半頃。最後に手荷物のチェックがあり、缶詰やハンガーなどが没収（武器などになる危険物ということのようだ）され、現金も入管内の売店で使う分以外は入管預かりだ。これでようやく入室できるが、手続きのとき、私は中国人部屋（国別で収容される室がわかれているという）と言われていたのが、満室のためにイランなどのムスリムに、中国などのアジア、ヨーロッパの国々の外国人が収容された雑多な部屋に入れられることになった。

タイの入管は刑務所以上の超過密状態で最悪だった。部屋は6メートル×15メートルほどの広さで、25人ほどずつ3列で寝ており、寝具は起床後も敷きっぱなしで、掃除をする様子もない。1人のスペースは幅50センチ程で、どうにか仰向けに寝られるという状態だ。隣の部屋はベトナム、ミャンマーなどの東南アジア人の室で120人が収容されているらしい。また中国人部屋も100人が収容されてすし詰め状態だという。私の部屋はまだ少ない方だと聞いてびっくりする。

この部屋には、部屋を仕切っている台湾人のボスがおり、部屋の状況を説明された後、部屋代1ヶ月250バーツ（掃除やゴミ処理の代金だという）を徴収された。この後、水浴びをして、午前1時すぎにようやく眠りにつく。

入管では2〜3日に1回、運動を兼ねて広場への2時間程の出房がある。この間に電話ができるのだが、電話機はわずか5台しかないため、奪い合いの状態だった。私も電話を求めてウロウロしていたが、ラッキーなことに刑務所から長い付き合いのあった中国人が、声をかけてくれ、長く待つことなく電話をすることができた。

広場の一画には売店があり、石鹸や洗剤、歯ブラシなどの日用品はもとより、菓子にパン、ジュース類やタバコなど何でも売っていたが、ここも長蛇の列だった。ここで私は久々にアイスクリームを食べた。

出房時間以外は、面会でもなければ部屋から出ることができず、毎日が息が詰まるような生活だった。さすがにトイレだけは毎日掃除をしていたが、新入りがくれば1ヶ月250バーツの清掃代を徴収していたので、当然といえば当然の話だ。この金が払えないと清掃当番にさせられるということらしい。

入管も刑務所と同じで、食事以外はすべて自費購入だった。そのため、金がないと電話もできないという厳しい生活を送ることになる。

オーバーステイで収容されて来る日本人も多いようだが、入管に収容されてもすぐに帰れるだろうと思っていたら大きな間違いだ。

不法滞在は1日につき500バーツの罰金がかされ、最高で2万バーツにまで膨れ上がる。所持金があれば問題はないかもしれないが、もし金がないと裁判所で罰金の言い渡しの後に刑務所に送られ、罰金分の強制労働（1日500バーツ）が待っている。罰金の支払いが終わっても今度は、入管で日本大使館からの帰国のチケット待ちだが、チケットが届くまで早くて2ヶ月、なかには10ヶ月もかかったなどという話も聞いている。

日本大使館は帰国旅費以外のサポートを一切してくれない。

入管では日本人は少数派なので同胞の助けも望めないだろう。

とにかく厳しい場所なので覚悟が必要だ。

ボスの携帯電話で連絡

２０１６年9月3日、刑務所から一緒だった中国人から、部屋長のところに携帯電話があると言われて借りに行った。部屋長の部屋は我々と違って個室だ。国内通話なら１５０バーツで貸してくれるという。思ったよりも安いので借り、刑務所に面会にきてくれていた日本人牧師さんに電話をし、『ＤＡＣＯ』編集部に連絡して欲しいと頼んだ。

9月5日、午後2時過ぎに、日本大使館の領事面会があった。ここで帰国するためのエアチケットを購入する。料金は1万６０００バーツだった。日本人服役者の扱いについて話しているとき、お互いにエキサイトして、ケンカになってしまった。領事は激怒し、私の帰国手続きを放棄して帰ろうとする。言いたいことはたくさんあったが、グッと我慢した。

9月6日、午後2時半より再び日本大使館領事面会。面会場に行くと、２人の日本人が先にきていた。１人は20代中盤の若者で2羽のフクロウの密輸を企て執行猶予の判決、もう1人も20代と若く少量の麻薬所持、懲役1年の刑期を終えてともに強制送還されるという。麻薬所持の方は本日帰国するとのこと。フクロウの密輸は金がなく、母親に帰国費用の送金を頼んだそうだが、しばらくそこで反省していろと言われたとのこと。送金が遅れそうだと落ち込んでいた。

私の方は、エアチケットが木曜日の午後10時のタイ航空だと告げられる。領事は古着の衣類を提供してくれた。ジーンズにポロシャツ、Tシャツ2枚、靴下2足。靴下ぐらいは新品が欲しかった。

帰国の日本人から『ＤＡＣＯ』に獄中記を掲載している人かと聞かれる。領事面会後、売店で晩飯とドリンクや菓子を仕入れて、部屋に戻った。午後5時過ぎ、刑務所から一緒だったロシア人とカナダ人が帰国のために空港に連行された。

9月7日、午前中に『ＤＡＣＯ』編集部の面会がある。面会は仕切りも何もない金網越しで、インターホンもなく、面会者50人ほどがひしめき合い、大声で話しているため、お互いの声がほとんど聞き取れない。靴、ｉＰａｄ、『ＤＡＣＯ』誌、残っていた原稿料に『ＤＡＣＯ』読者からのカンパを合わせて現金5万円ほどを頂戴した。『ＤＡＣＯ』編集部と読者の方々は、私を見捨てることなく、最後まで支え続けてくれた。感謝の言葉しかない。

面会後、ｉＰａｄは持ち込み禁止だということで、入管職員とトラブルになる。謝るとともに、現金１５００バーツを握らせて預けることで話をつける。

午後3時過ぎ、一昨日のケンカのためか別の領事が面会にやってきた。オーバーステイの罰金が払えず刑務所の強制労働の後、入管に送られて、私の部屋に収容された日本人のOさんも呼ばれた。このOさん、タイ人女性とタイの東北地方で同棲していたが、金の切れ目が縁の切れ目か、金がなくなった途端、車に乗せられ1000バーツだけ持たされ、日本大使館の前で放り出されたという。Oさんは文無しということで日本にいるお姉さん3人に帰国費用の送金を頼んだが、全員から送金を拒否されたということを領事に同行していた通訳から聞いた。

今日きた領事は、Oさんが恋人に放り出されて日本大使館に相談に行ったとき、入管への出頭を指示した人物とのこと。

夜10時過ぎ、新入りが11人はいってきた。部屋長は新入りの寝床を作るのに苦労している。ここ2年間、ほとんど日本語を使っておらず、英語中心の生活だったせいか、新入りの人数を数えるのにワン、ツー、スリーになっているのに気付く。

ついに日本に帰国

2016年9月8日、昼過ぎにバンコクのクロンプレム刑務所から、私と同じく特赦で減刑釈放となった中国人と韓国人が私の収容されている部屋にきた。

この韓国人はラジャオの刑務所の病院で獄死した日本人Kさんのことを知っていた。Kさんは術後の経過が思わしくなく、ラジャオに移送された後1週間程で亡くなったとのこと。私とバンクワンから一緒だった中国人が、この韓国人は女房を殺害して懲役25年の判決を受けたが、特赦が続いて8年の服役で釈放帰国すると教えてくれた。バンクワン刑務所にも妻を殺害した韓国人が2人いたので、またかという思いがした。この2人はいずれも終身刑だったが、12年と13年の服役で釈放帰国していた。バンクワン刑務所から一緒だった、銀行強盗のロシア人（警備員を射殺）も死刑判決から服役13年で釈放帰国した。改めてタイの命の軽さを思う。

夕方5時過ぎ、ついに空港への出発の呼び出しがくる。

一緒の部屋にいた日本人のOさんに、残っていた食品、テレフォンカード、現金1000バーツをあげて別れを告げる。Oさんは3人いる姉全員から送金を拒否されたそうで、泣きそうな顔をしていた。体調も悪そうだし、帰国後はどうするつもりなのかと心配になってしまった。

午後6時過ぎ、入管からスワンナプーム国際空港に向けて出発する。オーバーステイの白人と黒人のフランス人2人が一緒だった。刑務所釈放後、移動はすべて手錠つきかと思っていたが、これまで手錠はない。同行の入管職員も1人だけだった。よほどみすぼらしく見えたのか、車中、フランス人から着る物は持っているのかと聞かれる。少しと答えると、新しいTシャツにパンツ、靴下を持っていけとくれた。

私が逮捕された14年前は、国際空港と言えばドンムアン空港だった。スワンナプーム国際空港を利用するのは初めてだ。記憶にあるドンムアン空港よりも設備がずっとすばらしく、キラキラとした照明でめまいがするほどだった。ここで入管職員から、パスポート代わりになる帰国のための渡航書（本書8ページ参照）を渡された。

苦かったビールの味

渡航書を受け取ったら、いよいよチェックインだ。

刑務所を出てから1週間強、待ちに待った帰国のときがもう目前まで迫っている。本当に帰ることができるのか、現実感がなくフワフワとした気持ちがする。

タイ航空のカウンターでチェックインして、航空券を受け取る。出発まで時間があったので買い物くらいさせてくれるのかと思ったが、そのまま空港警察の詰め所に連れて行かれて、出発時間まで待機させられた。入管職員はここまでで、ここからは警官に引き継がれるようだ。

警官がコーヒーを出してくれる。英語で書かれた不法滞在の罰則が貼ってあり、違反すると最高で10年の入国禁止になるとあった。警官と片言のタイ語で雑談、お前は99年間タイへの入国禁止だと言われる。ジョークかと思ったが本当のようだ。

午後9時、搭乗ゲートに連れて行かれたが、ここでも買い物はできず。待合室のソファに座っていると、隣の席のタイ人女性から話しかけられた。彼女は東京の高田馬場のタイレストランで店長をしているそうで、連絡先を教えてもらった。

そうこうしているうちに、いよいよ搭乗開始だ。どうやらそういうマニュアルがあるらしく、私の搭乗は一番後回しだった。タラップまで案内付きで、キャビンアテンダントに引き渡される。座席は最後尾の席で、隣に乗客はおらず1人で独占。隔離状態もようやく監視を外してもらえた。

飛行機は定刻通り、22時10分に出発した。

安全ベルトを外した後、乾杯しようと思い、タイ人のキャビンアテンダントにビールを所望した。しかし、あなたのクラスにはアルコール類は出せないなどと言われて拒否されてしまう。そこで日本人のキャビンアテンダントを呼んで事情を話してみた。強制送還だが刑期を終えての帰国で、一般人と同じではないのか、と言うとビールを持ってきてくれたので1人で乾杯する。

14年振りのビールをゆっくりと味わう。懐かしい味に、ああ本当に自由になったのだと実感する。しかし、そう思えたのは一瞬で、すぐに帰国してからの生活の不安が押し寄せてきた。私はこれからどうしたらいいのだろうか。そのことを考えると、ビールがとても苦くなった。

千葉県警のお出迎え

9月9日午前6時30分、私を乗せたタイ航空TG640便が成田空港に到着した。14年ぶりの日本。胸いっぱいに空気を吸い込むと、むせ返るほど日本を感じた。ようやく帰ってきた。帰ってくることができた。14年は本当に長かった。だが、これからまた人生が始まるのだ。

軽い緊張を覚えつつ、入国審査の列に並ぶ。私の番がきたので審査官に渡航書を渡す。すると審査官に、千葉県警が事情聴取のために迎えにきていると言われた。先に出所したバンクワン刑務所の日本人受刑者からの手紙には、空港に警察がきていたなんて話は一行も書いていなかった。日本で余罪があると、そのまま空港で逮捕されるケースもあるという。疑念が頭をもたげ、最悪の状況が胸をよぎる。

入国審査で言われた通り、カウンターを出たところで鋭い目つきの男が待っていた。男は私を見つけると近づいてきて千葉県警の警察本部薬物銃器対策課の刑事だと自己紹介した。私は男を見てほっとした。逮捕するつもりなら1人っきりでくるはずがない。刑事は話を聞きたいというと、成田の空港警察に同行を求めてきた。おとなしく従い、事情聴取を受ける。14年前の事件の話を聞かれるかと思ったが、それよりも私がタイの刑務所の中で知った最新の麻薬密輸の状況が聞きたかったようだ。刑事による事情聴取は、1時間半くらい続いた。その後、刑事は空港のバス停まで送ってくれた。

バスのチケットカウンターで、JR宇都宮駅行きのチケットを買う。料金は4000円だと言われる。あまりの高さに驚いた。骨の髄までバンクワンの物価が染み付いている。まずは経済面から身体を慣らしておく必要があるだろう。

宇都宮駅行きのバスは定刻通りに出発した。車窓に流れる成田の風景は、14年前と何も変わっていないように見え、同時にまったく知らない場所のようにも見えた。

宇都宮についたら、まずは温かい風呂に入ろう。私は座席にもたれるとそっと目をつぶった。

あとがき

国王特赦により、バンクワン刑務所を出所し、日本に帰国したのが2016年9月。早いものでもう4年の月日が流れた。

日本に帰国してからの4年は、刑務所の中とはうってかわって変化が多く、目まぐるしく過ぎていった。ここでその4年のことを、簡単に記しておこう。

成田空港に到着した私は、高速バスで栃木県O市に向かった。O市はタイで逮捕されるまで住んでいた場所だ。

私は駅前のホテルに部屋をとると、定住のための行動を開始した。

バンクワンではあれほど苦労した戸籍謄本の申請手続きだったが、O市役所職員の尽力もあり、あっさり解決。福祉の助けも受けて、数日後にはホテルから市内の賃貸アパートに移ることができた。その後、町中で偶然、古い友人と遭遇。それがきっかけとなって、そのほかの友人とも次々と連絡がつくようになった。私は周囲のサポートを受け、自活のために歩み始めた。

そして、帰国してから半年後の２０１７年2月、私はO市内にレストランを開店した。タイ人コックが料理を作る、本格的なタイレストランだ。物件は知人が紹介してくれた。敷金なしの居抜き物件で、家賃は6万円だという。２階部分はアパートになっており、そこも借りれば合わせて9万円というので、思い切って引っ越した。資金がないので、壁を塗装や床の修理などは、ホームセンターで材料を揃えて全部自分でやった。かつて塗装の仕事をやっていたのが、役に立った格好だ。

店は駅から遠く、立地は必ずしもよいとは言えなかったが勝算はあった。付近にはタイパブやフィリピンパブが何軒かあった。そこで働く女性たちが食べに来てくれるのではないかと考えたのだ。

蓋を開けてみると、狙いは的中。レストランはそれらの店で働く女性や、近隣の工場で働くカンボジア人実習生の若い女性で賑わった。

ちょうど時期を同じくして、ＴＢＳの人気番組『水曜日のダウンタウン』に出演。タイの刑務所に長期服役、21世紀なのに足かせを付けられた、という特異な経験がウケたのか、同番組には都合3回も出演した。

その後も『じっくり聞いタロウ』（テレビ東京）や『田村淳の地上波ではダメ！絶対！』（ＢＳスカパー）といったテレビ番組にも出演。書籍（この文庫の親本にある『求刑死刑』）を出版し、雑誌などでインタビューを受けるなど、様々なメディアで紹介していただいた。

それらが追い風となり、レストランの経営は軌道に乗るかと思われたのだが……、ことはうまく運ばない。開店して半年で、頼りにしていたタイ人コックが家庭の事情でタイに帰国。後任者が見つからず、店を続けることができなくなってしまった。

それからは塗装のバイトをするなど、様々な仕事をして過ごした。

そんな中、知り合いからまた空いている物件があると紹介された。家賃は8万円也。空いてからずいぶん経っていることが分かったので、オーナーに減額を交渉。2階のアパートの部屋込みで、敷金なしの5万円で借りられることになった。

そうして2019年5月に始めたのが、スナック「ここあ」だ。前回のレストランと同じように、内装はすべて自分でやった。

当初は赤字を抱えながらの営業だったが、人気YouTuberが訪ねてくれるなど、徐々に経営は上向いていった。そして半年が経ち、ようやく黒字の目途が経ってきたと思ったところで、コロナショックにより店は瀕死の状態に……。あいかわらず、波乱の人生を送っている。

このあとがきを書いている現在（2020年1月下旬）、栃木県でも緊急事態宣言が発出されている。そのため、週末だけ時短営業をしている状態だ。本に書けなかった話もたくさんある。興味のある方は、状況が改善したら、ぜひ「ここあ」に遊びにきていただきたい。

単行本のあとがきでは、これからの人生の目標として、アジアの子どもたちを支援したいと書いた。アジアにはまだ、貧しい環境に暮らす子どもたちがいる。私は二度結婚したが、子どもには恵まれなかった。自分が犯したことへの贖罪というわけではないが、彼らの助けになるようなボランティア活動をやりたいと考えたのだ。

実際、この4年の間で、細々とではあるが活動を始めている。ツイッターを介して知ったカンボジアの孤児院に寄付を行なっているのだ。いまはまだやれることは少ないが、コロナショックから解放されたらボランティア活動のために現地を訪れたいと思っている。

私は自分の起こした罪で、50歳から64歳までの14年の時を失った。64歳というと、もう人生の終わりがうっすらと見えてきている。身体の自由も利かなくなっており、できることは限られるかもしれない。

だが、私は自分の人生を諦めようとは思わない。これで人生が終わってしまうのでは、あまりにつまらない。次はまっとうな方法で、誰にも面倒をかけず、正々堂々と、人生最後にもうひと花咲かせたい。そのためのアイディアは頭の中にたくさんある。あとは実現のために行動を続けるだけだ。

この本の出版も、その行動が実を結んだひとつの実例だ。ただし、本書は決して自分1人の力で生まれたわけではない。様々な方々の力添えがあって、初めて実を結ぶことができた。

まず、私の手記を掲載してくれた『DACO』編集部。とくに読者から賛否両論がある中で、釈放まで約8年にわたり連載を続けてくださった沼舘編集長（当時）、服役中、面会や差し入れなど物心両面で支援して下さった『DACO』の読者の方々には感謝の言葉しかない。

タイ在住のフリーライター、高田胤臣《たねおみ》さんにもたいへんお世話になった。私のことを度々記事に取り上げてくれたし、手記を出したいと相談したら出版社を紹介してもくれた。

また、作家の影野臣直さんにもお礼を申し上げたい。帰国後にテレビのバラエティ番組に出演するなどメディア関係者とつながりを持つことができたのは、氏のお力添えがあったことが大きい。

そしてなにより、この本を手にとってくださった読者のみなさまに感謝を捧げたい。手記は読んでくださる方がいて、初めて意味を持ってくる。偉そうなことは言えないが、本書を読んで何かひとつでも心に残ったことがあれば、それほど嬉しいことはない。

最後に忠告をひとつ。東南アジアではドラッグが身近にある。だが、軽い気持ちで手を出せば待っているのは地獄だ。営利目的の密輸は、東南アジアのほぼすべての国で求刑死刑を受ける。私のようになりたくなければ、絶対に手を出してはいけない。また、私が犯罪に手を染めることになった背景には、ギャンブル依存という病があった。ギャンブル依存症の一番怖いのは、本人に自覚がないというところだ。相談は各都道府県にある精神保健福祉センターで受け付けている。思い当たる点があれば、ぜひ相談してみてほしい。

私は14年の服役で、贖罪ができたとは思っていない。本当に罪をつぐなったと言えるには、これからの生き方が大切だ。そのことを胸に、私は今後の人生を歩んで行こうと思っている。

2021年2月　著者記す

■ 著者紹介

竹澤恒男（たけざわ・つねお）

1952年生まれ。兵庫県神戸市東灘区出身。職を転々とした後、栃木県O市でアジア雑貨店を経営。仕入れのために日本とタイを行き来するうちに、ヤーバー（錠剤型覚せい剤）の密輸に手を染めるようになる。2002年12月、バンコクのドンムアン空港で逮捕され、一審で求刑死刑、判決終身刑。二審で懲役30年に減刑され、タイのバンクワン刑務所に服役する。2016年9月、服役14年で、特赦により釈放帰国。現在は栃木県O市に戻り、スナック「ここあ」を経営している。

twitter
東南アジアの話題中心のアカウント　@antarairai
危ないアカウント　@isara_sarai

タイで死刑を求刑されました

～タイ凶悪犯専用刑務所から生還した男～

2021年3月12日 第1刷

著　者　竹澤恒男

発行人　山田有司

発行所　株式会社　彩図社
東京都豊島区南大塚 3-24-4
ＭＴビル　〒170-0005
TEL:03-5985-8213　FAX:03-5985-8224
https://www.saiz.co.jp
https://twitter.com/saiz_sha

印刷所　新灯印刷株式会社

ISBN978-4-8013-0511-3 C0123